O CAVALO CEGO

Livros do autor na Coleção **L&PM** Pocket:

Enquanto a noite não chega
É tarde para saber
Dona Anja
Depois do último trem
Garibaldi e Manoela
O cavalo cego
O gato no escuro

Josué Guimarães

O CAVALO CEGO

www.lpm.com.br

Coleção **L&PM** Pocket, vol. 594

Primeira edição: Editora Globo, 1979
2ª edição: L&PM Editores, em formato 14 x 21 cm, em 1995
3ª edição: Coleção L&PM Pocket, em abril de 2007

capa: Ivan G. Pinheiro Machado
revisão: Ruiz Faillace e Larissa Roso

G963c   Guimarães, Josué, 1921-1986.
        O cavalo cego/ Josué Guimarães. – 3. ed. – Porto Alegre : L&PM, 2007.
        152p. ; 18cm. – (Coleção L&PM Pocket)
        ISBN 978-85-254-1597-4

        1.Literatura brasileira-contos. I.Título. II.Série.

        CDU 821.134.3(81)-34

Catalogação elaborada por Izabel A. Merlo, CRB10/329

© Sucessão Josué Guimarães, 1995

Todos os direitos desta edição reservados a L&PM Editores
PORTO ALEGRE: Rua Comendador Coruja 314, loja 9 - 90220-180
Floresta - RS / Fone: 51.3225.5777
PEDIDOS & DEPTO. COMERCIAL: vendas@lpm.com.br
FALE CONOSCO: info@lpm.com.br
www.lpm.com.br

Impresso no Brasil
Outono de 2007

Sumário

A visita / 7

A travessia / 19

Uma noite de chuva / 53

O cavalo cego / 73

O elevador / 105

Renato, meu amor / 121

Sobre o autor / 143

A VISITA

"– Seu José, mestre carpina,
que diferença faria
se em vez de continuar
tomasse a melhor saída:
a de saltar, numa noite,
fora da ponte e da vida?"

João Cabral de Melo Neto

Abro uma fresta na cortina e deixo entrar uma nesga de sol no gabinete, que cheira a coisas velhas. Espio a rua, através das grades do jardim abandonado, e vejo os carros que rodam, vizinhos aposentados que passeiam com seus cães, crianças invisíveis que brincam de roda ou de pegar. Retorno à minha escrivaninha, modelo princípio do século, com dezenas de minúsculas gavetas com puxadores de porcelana: remexo nos papéis em desordem e torno a olhar para o retrato de Heloísa, enquadrado numa moldura de mogno com lavraturas de prata. Ela tem a fisionomia serena e um ar levemente triste, como se soubesse que viveria apenas oito meses depois de batida a foto. Faço as contas: ela deixou esta casa, pela última vez, há dois anos, três meses e vinte e dois dias. Depois de duas semanas, eu queria ficar só, despedi as duas empregadas que nos serviam havia cerca de dez anos. A partir de então, eu mesmo saio ao cair da noite, compro o indispensável para as minhas refeições leves e frugais, lavo a minha roupa, passo a ferro o que posso e, às vezes, tiro o excesso de pó dos móveis e objetos que mais uso. Não costumo me queixar por isso, pois tenho a misteriosa impressão de que estou vivendo de acordo com o que está escrito no Livro do Destino, num fatalismo que me faria rir, tempos atrás.

Espio pela fresta da cortina e noto que o céu está limpo. Imagino um novo dia de sol e de calor. Ao preparar meu café matinal, tostando fatias de pão dormido e desmanchando o leite em pó na água morna, pensei no estranho e palpável sonho que tive esta noite. Não pelas coisas vividas nele, que nos sonhos tudo se passa sem maiores explicações, mas pela presença viva e real de Heloísa, seu calor humano, suas mesmas preocupações pelas pequenas coisas do dia-a-dia, seus passos leves pelos tapetes; pelo retorno à minha tranqüilidade, indiferente aos detalhes do cotidiano que até a morte dela eu nem sequer suspeitava que existissem.

As cortinas desta sala foram abertas pelas mãos dela e a luz do dia entrou na peça numa explosão inquietante, iluminando forte as estantes cheias de lombadas coloridas e deixando ver o desenho harmonioso do grande tapete marrom, sobre o qual ainda me encontro, agora difuso na penumbra da sala, como se fosse um chão de terra batida da minha infância. Ela me pediu que sentasse na poltrona de braços que fica sob o abajur grená, meteu-me nas mãos um livro qualquer e disse que ia preparar, ela mesma, um café. Quando saiu, eu estava naquela sensação de que poderia ser um sonho ou não, tão palpáveis eram as coisas ao redor de mim, tão natural era a sua presença na casa. Sua morte, o enterro, as peças vazias e a minha solidão. Tudo isso é que me parecia um sonho, ou mesmo um pesadelo. Estava com a euforia de uma terna volta ao passado não muito distante e lembro-me bem que não fiz nenhum esforço para acordar. Pelo contrário, tratei de usufruir toda a paz anterior.

Olhei o livro que ela havia deixado entre as minhas mãos. *Evaristo Carriego*, de Jorge Luis Borges. Lembro-me que cheguei a ler o prólogo, depois a Declaração, e finalmente parte do Primeiro Capítulo, Palermo de Buenos Aires. Ele dizia, já no Segundo Capítulo, "*Poseo recuerdos de recuerdos de otros recuerdos*". Exatamente o que sinto neste momento, na penumbra desta sala, entre os meus livros e a luz do sol, na rua, que apenas adivinho.

Heloísa retornou, etérea, com a pequena bandeja de prata que usava para servir café só para nós dois. Sentou-se a meu lado e perguntou se eu estava mesmo lendo com atenção. Eu disse que sim, mas não tive coragem de dizer a ela que já lera o livro havia muitos anos, e que ela própria sabia disso, pois tínhamos discutido trechos da obra que nos parecia ser das melhores de Borges.

Lembro-me que o café estava quente demais, e que ao beber o primeiro gole eu havia queimado o lábio inferior. Passo agora os dedos sobre o local e noto que ainda se encontra dolorido, o que me deixa novamente intrigado. Ela bebeu em silêncio a sua xícara, continuou com seus olhos azuis quase transparentes. Seus cabelos brancos, de tons azulados, estavam, como sempre, bem penteados na bela cabeça que fora a minha admiração na juventude.

A única diferença sensível de outros tempos é que ela não parecia morar nesta casa. Vestia-se como se pretendesse sair ou se recém acabasse de chegar. Carregava sob o braço a antiga bolsa de camurça azul. Usava o seu pequeno colar de pérolas cultivadas. Seu sapato era fechado, de salto baixo e atarracado, como sempre. Portava-se como uma visita que se mostra curiosa com tudo o que se vinha passando na minha vida. Quis saber o que eu costumava fazer nas horas vagas e disse que eu não devia manter as janelas fechadas nem corridas as cortinas. A casa precisava de ar e de luz do sol. Passou o dedo indicador sobre um móvel e mostrou a camada de pó que ali se acumulara. Afinal, por que eu mandara embora as duas empregadas que já eram como pessoas da família? Era a sua maneira habitual de ralhar, sem fazer cara feia nem levantar o tom de voz.

Eu estava tão encantado com a aparência de realidade daquele encontro que não me animava a fazer perguntas. No fundo, eu receava que ela mesma revelasse a ilusão daqueles momentos que eu desejaria se perpetuassem.

– Tens, pelo menos, caminhado um pouco, todos os dias? – quis saber Heloísa.

Eu imaginava que ela soubesse, mas a pergunta fora feita com tal convicção e naturalidade que a princípio pensei num jogo de esconde-esconde, e que nós devíamos manter um relacionamento formal: eu sem saber nada sobre ela – o que não deixava de ser verdade – e ela a ignorar o que se passava comigo.

– Não – respondi. – Não tenho saído de casa a não ser para as compras indispensáveis, e assim mesmo ao cair da noite, para não encontrar nenhum dos vizinhos. Eles me incomodam.

— Você está agindo como um menino – disse ela, recolhendo as xícaras e colocando-as sobre a escrivaninha. – O médico está cansado de recomendar que você deve caminhar alguns quilômetros todos os dias, de preferência pela manhã, sem subidas nem descidas. E depois, aqui dentro há pouco oxigênio e você termina entrevado em cima da cama.

Sempre que me dava conselhos, me tratava por você. Enquanto falava, ia colocando várias coisas nos seus lugares. Viu os meus papéis sobre a mesa:

— E onde ficou aquele plano de escrever suas memórias?

— Memórias?

— Ora, querido, tu sempre me dizias que estava chegando a hora de escrever as tuas memórias, de tirar das gavetas as tuas anotações, pôr todas as coisas à mão, eu mesma comecei a preparar as fichas por ordem cronológica e afinal vejo agora a mesa vazia. Decidiste não escrever mais?

— Ainda não decidi nada. Nem sei mesmo se valeria a pena começar um trabalho que estou quase certo de nunca poder terminar. Tu sabes, detesto fazer coisas inúteis.

— Em outras palavras – disse ela, sentando-se novamente ao meu lado –, tu pareces ter perdido a vontade de viver. E isto é ruim.

Heloísa tinha a fisionomia desolada e eu preferi balançar a cabeça, em sinal de assentimento. Achei que ela sabia de tudo, que ela podia ler os meus pensamentos como se eles estivessem gravados nas páginas de um livro. Meu maior desejo, naquele momento, era prolongar o mais possível o nosso reencontro. Apesar de sentir, no subconsciente, que as coisas se passavam de maneira irreal, eu me esforçava para viver com intensidade a presença dela, quase física, bafejado que eu era pelo seu hálito morno e a sensação concreta de suas mãos pousadas sobre as minhas, estas sim, inertes e frias.

– Acho que tu não estás te alimentando como devias – prosseguiu ela, maternal. – Vi na cozinha restos de pão, latas de leite em pó, a geladeira quase vazia. Há quanto tempo tu não comes um bom bife passado na manteiga?

Fiz um gesto vago, como a dizer que não me interessava comer ou deixar de comer. Apontei para a janela grande que dava para o jardim e disse que a luz me incomodava. Heloísa dirigiu-se à janela, abriu uma das folhas envidraçadas e espiou para fora. Voltou-se para mim, testa franzida:

– Nosso jardim virou mato. Não há mais flores, carreiros de formigas por todos os lados, não teria custado nada manter aquele pobre homem que vinha cuidar do jardim uma vez por semana. O mato vai terminar emperrando o portão que dá para a rua e você vai terminar prisioneiro dentro desta casa escura e bolorenta.

Tornou a fechar o tampo, puxou a cortina pesada e foi sentar-se na minha cadeira giratória, balançando-se de um lado para outro, mãos cruzadas sobre o colo, sorriso triste no rosto sereno.

– Sei que tu estás decepcionada comigo – eu disse. – Mas realmente não tenho nenhum interesse em cuidar do jardim, aguar as plantas, podar, abrir janelas e portas, sacudir com todo esse pó. Não consigo adivinhar por onde, nem por que artes do diabo, a terra da rua se infiltra nesta casa.

Confessei a ela que me sentia muito cansado e que às vezes, para não me deitar sozinho na nossa grande cama, ficava até o dia clarear ali naquele gabinete, relendo velhos livros, vasculhando gavetas e examinando anotações perdidas.

Heloísa deve ter ficado zangada. Levantou-se com energia, circulou pela peça, postou-se de mãos à cintura diante da porta que dá para o corredor.

– Pois saiba que está muito errado. Eu não concordo com isso. Você deve reagir. É isso mesmo, reagir!

Fez uma pausa. Serenou. Falou tantas coisas da nossa vida em comum, dos nossos planos, dos filhos que não tinham vindo, dos sonhos que haviam se concretizado, desde o projeto desta casa, construída debaixo dos nossos olhos, tijolo a tijolo; dos longos dias, semanas e meses perdidos na busca deste ou daquele acabamento; das primeiras sementes lançadas no jardim, das mudas trazidas de lugares distantes, da ansiedade ao abrir de cada flor, de todo um mundo que eu sabia não existir mais e que julgava estivesse definitivamente enterrado.

Escutei tudo com atenção e carinho, mas não disse uma palavra, mesmo porque me sentia emocionado e com a desagradável sensação de que, a qualquer momento, um ruído mais forte vindo da rua terminaria por colocar um ponto final na presença confortadora de Heloísa.

Passou pelo meu pensamento a idéia de pedir a ela que largasse por alguns instantes aquela bolsa, pois a impressão era de que Heloísa estava por sair a qualquer momento. Ela sorriu, complacente, adivinhando. Deixou a bolsa sobre o tampo de uma pequena mesa que fica junto às prateleiras e começou a andar lentamente, examinando lombada por lombada, às vezes apontando um que outro livro, lembrando a história de um romance, a beleza de alguns poemas e finalmente parou curiosa diante de alguns livros pequenos. Virou-se para mim:

— Interessante. Desde que tu trouxeste estes livros de Buenos Aires que senti vontade de ler cada um deles, devagar, haurindo tudo o que eles contêm. Mas, não sei bem por que, jamais toquei num deles.

— Há anos que eles estão aí, nesse mesmo lugar — eu disse. — Eles sempre foram tanto meus quanto teus. Se não me engano, estou um pouco longe, são todos de Horácio Quiroga. Deve estar aí o seu *Anaconda*, a estranha história de uma víbora. Gosto muito desse livro.

Heloísa começou a tirar volume por volume da prateleira, juntando-os na palma da mão esquerda.

— *Cuentos de la Selva, El Selvaje, Cuentos de Amor, de Loucura y de Muerte, Más Allá, Los Desterrados, Anaconda*.

— Falta aí um outro que não encontrei naquela ocasião — eu disse. — Chama-se *Pasado Amor*.

— Gostaria muito de ler estes livros — disse Heloísa, acariciando as capas.

— Eles também são teus — eu disse, sem muita convicção.

— Será que eu poderia levá-los e trazer de volta, um dia?

— Mas claro — eu disse, e logo mudei de idéia, tentando um estratagema que a obrigasse a voltar mais seguidamente nos meus sonhos: — mas por que tu não levas primeiro um, depois outro e assim vais lendo aos poucos, e tornas a voltar, e podemos conversar novamente?

Ela virou-se e ficou séria. Disse que eu não deveria temer pelo desaparecimento dos livros. Ergueu a mão com todos eles:

– Anote bem, são seis volumes ao todo.

– Pode levá-los, querida.

– Vou ter leitura para muito tempo. Não há distração melhor.

Eu não quis dizer que era exatamente aquilo que eu mais temia. Por mim, Heloísa levaria livro por livro, e assim retornaria à sua casa pelo menos seis vezes. Mas ela estava tão interessada nas capas e nas histórias, como se penetrasse no mundo mágico da natureza plena e das selvas que Horácio Quiroga tanto amara em vida, que nem sequer reparou na minha expressão desolada.

Olhou para seu pequeno relógio de pulso e disse que precisava ir. Passou as mãos pelos meus cabelos, depois levantou meu queixo e disse que eu precisava me cuidar mais, estava descorado e macilento. Eu ainda tentei pegar na sua mão, mas ela foi mais rápida e desapareceu pela porta do corredor. Corri atrás dela, chamei pelo seu nome repetidas vezes e acordei quando tentava abrir a porta dos fundos, a cozinha imersa na escuridão, a fechadura sem chave e um início de claridade da madrugada que começava a filtrar por uma pequena fresta da janela.

Saltei da cama, caminhei meio tonto pelo quarto e vim buscar a paz do meu gabinete. Acendi uma lâmpada de mesa e a princípio tive dificuldade em enxergar as coisas ao redor. Era como se Heloísa ainda estivesse ali, como se eu aspirasse o suave perfume dos seus cabelos.

Lembrei-me de todo o sonho, do momento em que depositara a sua bolsa de camurça sobre a pequena mesa. Senti que minhas mãos tremiam e que o coração disparava. Temi por algo mais. Levantei lentamente os olhos, a medo, percorri as prateleiras até chegar ao lugar onde deviam estar os livros de Quiroga. E vi, paralisado pela certeza, o vazio que lá ficara, o buraco negro onde deveriam estar os seis volumes.

Esperei que o dia chegasse, abri um pouco mais a cortina e constatei que Heloísa havia levado mesmo os livros. E sobre a mesinha, desenhada pela ausência de pó, a marca inconfundível de sua bolsa de camurça azul.

A TRAVESSIA

"El mayor se dió vuelta y dijo a la gente: 'No ven? Ellos mismos se dictan su sentencia de muerte y después se quejan de nosotros'."

Augusto Roa Bastos

Depois de um longo e exaustivo dia de marcha acelerada – que o inimigo vinha nos seus calcanhares – as tropas chegaram às margens do Ibicuí, exatamente no passo do Silvestre. Os oficiais de baixa patente desceram até às margens do rio impetuoso, perscrutaram as águas caudalosas com seus binóculos arruinados e se perguntaram como poderiam transpor aquele obstáculo, se dispunham apenas de uma barca de madeirame apodrecido, sem cabo-guia. Foram examinar de perto a embarcação antes que a noite caísse de todo, e chegaram à conclusão de que ela suportaria, no máximo, quatro cavalos por viagem.

– Nossa! Isso prenderia a gente deste lado por uns seis meses – disse um deles.

– Em dia e meio o inimigo chega por aqui e acaba com a nossa pele – disse um outro, temeroso.

O mais velho de todos, de poncho e chapéu de abas largas com um barbicacho que dividia a barba em dois tufos, disse que o problema se resumia numa

A travessia 21

coisa só: precisavam atravessar o Ibicuí a partir daquela noite, com barca ou sem barca, por sobre as águas como Jesus Cristo, voando como os gaviões ou debaixo d'água como os peixes, mas a verdade é que precisavam transpor a cavalhada e a soldadesca.

O mais baixo deles lembrou que a coluna comandada pelo General Salgado deveria atravessar um pouco mais acima, na altura do passo do Mariano Pinto.

– Dá mais vau, e é a sorte daquela cambada que vem perdendo batalha e mais batalha – comentou outro.

– Fiquem sabendo, não me interessa o passo em que as tropas do General Salgado vão atravessar – disse outro, depois de acender o palheiro.

– Eu sei onde o companheiro quer chegar, o importante é saber onde as nossas tropas vão atravessar. Para mim, o Coronel Venâncio não vai recuar nem vai perder tempo subindo ou descendo o rio. A coisa, se querem saber, vai ser aqui mesmo.

Foram para um morrete na barranca e lá do alto puderam ver a massa d'água barrenta que levava toras e galhos e não deixaram de notar os redemoinhos que ali e mais além engoliam tudo como se fossem bocas famélicas de algum animal das profundas.

– Acho que devemos dar informações ao Coronel Venâncio.

– Isso eu não faço – disse o mais baixo. – Conheço bem o homem e sei como ele vai reagir.

– Eu também sei, mas pelo menos ele assume a responsabilidade, no caso de um desastre – disse o de poncho.

– Ora, bem – disse o outro –, adianta muito assumir a responsabilidade. Assumir não tira ninguém da sepultura.

— Pois então comande a travessia, mexa com aquela barca podre, enfrente a correnteza e depois a gente explica para o coronel como a coisa foi feita.

O mais baixo levantou-se num repente, perfilou-se, fez continência de modo caricato e declarou que assumia a iniciativa de comunicar ao comandante o que esperava pela tropa no meio daquele rio. Pediria a sua permissão para organizar a travessia, chamaria sua atenção para a distância entre as margens, pediria as suas ordens e se colocaria à disposição de sua excelência, o comandante-em-chefe das tropas em retirada. Desceu o braço, extenuado, sentou-se ao lado dos companheiros e se confessou sem coragem para enfrentar o velho.

— Ele deu para roncar enquanto dorme, não fica mais na barraca, passa a noite sentado em cima dos pelegos, encostado numa árvore qualquer.

— Ele ronca pelo peso da consciência – disse o de poncho –, tanta maldade ele anda praticando por aí.

— Acho que nem vai ter tempo de fazer muitas outras – disse o baixinho. – Se não anda pelos setenta, anda beirando. E digo mais, duvido até que ele consiga passar por este rio que estão vendo aí na frente da gente.

— Afinal – disse o que parecia ser o mais velho –, quem é que vai entender-se com o homem?

Silêncio geral, até que o de poncho terminasse de dar uma tragada funda de seu palheiro e saísse na direção da barraca do comandante que estava sendo montada.

O velho caudilho estava, como sempre, recostado no tronco de uma árvore, peito arfando, traseiro protegido da umidade do capim molhado por grossos pelegos sulferinos. O tenente achegou-se, bateu com uma espora na outra, tossiu, fez continência e pediu licença. O velho apenas grunhiu.

– Coronel, o Ibicuí está cheio e muito caudaloso. Só existe uma barca apodrecida onde só cabem quatro cavalos de vez e se a operação de travessia vai ser agora de noite, a gente calcula que perde mais da metade da cavalhada e outro tanto da tropa, assim meio no otimismo, coronel.

– Quem é a gente? – perguntou o velho, levantando a aba do chapéu informe.

– O grupo de oficiais de vanguarda, coronel.

O comandante parecia dormitar, pois ficou em silencio um certo tempo. Pediu fósforos para acender o palheiro e logo um ajudante-de-ordens, que estava por perto, acorreu para servir o velho.

– Alguém já passou por aqui?

– As tropas do Coronel Aparício, dias atrás.

– E passou tudo? – perguntou o comandante.

– Pelo que se sabe da boca dos batedores que andaram mais de um quilômetro rio abaixo, a idéia é de que ele conseguiu chegar à outra margem com menos da metade de suas tropas.

– Passou muito – disse o velho. – Mandem preparar a comida, façam os homens dormir e comecem a operação travessia meia hora antes do sol nascer.

– Entendido, coronel.

O tenente bateu novamente com as esporas, fez continência e deu meia-volta, desequilibrado pelo capim alto. Encontrou os companheiros estendidos no chão, exaustos e nervosos. Sentaram-se rápidos com sua chegada:

– E então? – perguntou o baixinho.

– Acampar, comer e dormir. A operação começa meia hora antes do sol nascer.

Um deles tornou a estender-se no capim, mãos cruzadas atrás da cabeça, olhos acompanhando o vôo dos urubus que seguiam as tropas, esperançosos.

– É, o homem está mesmo ficando velho.

– Ora, isso entra na cabeça de uma mula. Das outras vezes ele vinha para um cocuruto destes e mandava a tropa atravessar no breu da noite e pouco se importava que a metade da tropa se afogasse.

– Pois agora ele não fez outra coisa, mas vamos deixar de conversa fiada, agora é tratar de executar as ordens. Das três, as duas primeiras me agradam muito: acampar e comer, que estou com a barriga no espinhaço.

Havia uma confusão generalizada que se estendia das margens barrentas do rio às colinas próximas com dezenas de ordens contraditórias e soldados esfalfados pela longa marcha de dois dias, com o inimigo nos calcanhares. Cavalos soltos pastavam, arrastando as rédeas; carretas largadas ao Deus-dará, com bois esquálidos, ainda presos nas cangas; soldados em farrapos, estendidos pelo chão, como mortos.

O Capitão Marinho, braço direito do velho comandante, saiu a berrar ordens, brandindo seu largo chicote de três pontas, reagrupando os sargentos, e estes a transmitirem instruções aos cabos, até que o formigueiro foi entrando nos eixos, com homens recolhendo os cavalos largados, bois que eram retirados das carretas e as barracas, a maioria delas em frangalhos pelas intempéries e pela guerra, a serem armadas e enchendo o campo de escuros cogumelos. Finalmente as primeiras fogueiras e os sargentos a perguntarem aos tenentes e capitães quantos bois deveriam ser carneados.

Os oficiais deram uma circulada e viram que os animais tinham os ossos das ancas furando o couro de tão magros, além de estarem todos eles crivados de bernes e de largas feridas causadas pelo roçar das cangas e pelo courame de jungir.

Ficou decidido que matassem metade dos bois e que depois fosse tentada a travessia dos demais, abandonando as carretas por ali. Desde aquele instante elas podiam ser esvaziadas e cortadas a machado para as fogueiras. Os animais que conseguissem passar pelo Ibicuí serviriam do outro lado como alimento, já que ninguém sabia da existência de fazendas num raio de seis léguas.

Começou, então, a carnificina, a faca e a tiro. Os soldados do rancho usavam os seus facões com rara habilidade, despegando o couro das carnes como quem tira a casca de uma laranja. Esquartejados, logo depois eram cortados em postas e espetados para serem expostos ao fogo e ao calor das brasas, quando começaram a exalar um cheiro acre de pêlo queimado e de gordura derretida, reanimando a soldadesca.

O coronel continuava recostado na árvore isolada que dava a impressão de ser a sentinela avançada de um pequeno bosque que terminava no alto da colina. Ali, os seus homens montavam a barraca maior e estendiam um cordão de isolamento para evitar que os soldados, durante a noite, pudessem aproximar-se em demasia do alto comando. A não ser a sua guarda pessoal, formada por antigos companheiros de outras batalhas, ou de filhos de compadres que haviam morrido em combate, só o pequeno grupo de tenentes conseguia avistar-se com o velho coronel que perdia as forças a cada dia que passava. Eles não queriam que a tropa soubesse da fraqueza física de seu comandante.

— Tem fogueira demais — disse o Major Torquato, entre acessos de tosse por causa da asma.

— Se não estou enganado, major, o que tem demais mesmo é fome — explicou o Tenente Cesário, que deixava à mostra uma funda cicatriz na cara sempre que falava um pouco mais alto.

O Alferes Piragibe, nordestino e de pele escura, procurou tranqüilizar o companheiro:

— Deixem eles comer até estourar. De qualquer maneira levamos uma dianteira do inimigo de pelo menos umas dez léguas. E, pelo que se sabe, também estão morrendo de podres.

— Que Deus te ouça — disse o Tenente Cesário.

O velho Sargento Laurentino, filho de pai brasileiro e de mãe castelhana, de Corrientes, retornava de um demorado giro de inspeção. Acomodou-se ao lado de seu companheiro Emiliano e disse que naquela noite não levaria um dedal de carne à boca.

— Vi matarem três bois. Jorrava tanto pus das feridas causadas pelas cangas durante a marcha que prefiro morrer de fome a enfiar na boca essa porcaria.

— Pus no pescoço dos bois?

— Claro, pus. Amarelo, vivo, formigando.

O capitão, que acabava de chegar, perguntou qual era a preocupação deles. Laurentino levantou-se o mais rápido que suas pernas cansadas permitiam:

— Nada de mais grave, capitão. Eu estava dizendo aqui ao Sargento Emiliano que estou tão cansado que nem vou comer. Não agüento mais de sono. Se me permite, é claro.

— Pode ir dormir, vamos ter uma alvorada mais cedo, amanhã. E agora uma coisa: faça sua cama de pelegos mais para baixo, bem ali, na direção sul. Precisamos proteger o coronel, como sempre.

— Então com sua licença, capitão. Boa noite.

Despediu-se do companheiro que se deixara ficar onde estava e seguiu obediente para o local indicado pelo superior.

Na primeira colina um grupo de sapadores cuidava de sepultar os mortos — a maioria havia resistido o dia inteiro de viagem, com ferimentos graves —, enquanto a noite se anunciava sem lua e ameaçando chuva. Dois sargentos trataram de estender um pedaço de lona sobre a cabeça do coronel que dormia sentado, enquanto os oficiais de segurança e os tenentes mais chegados formavam um círculo ao redor de uma pequena fogueira, chimarreando e falando pouco.

Ao calor reconfortante das brasas, eles ouviam o ronco ritmado do Coronel Venâncio e, distante, o relinchar dos cavalos e o ressonar dos homens que dormiam nas proximidades. O Tenente Pedro Diogo cochichou ao ouvido do Tenente Cabrera que não levava nenhuma fé naquela travessia. No seu entender, a manobra ia se transformar numa tragédia.

— Houve cheia lá para cima e acho que o rio está uns quatro metros acima do seu nível normal.

— Pois é, e temos uma barca podre para quatro cavalos de vez e, pior do que isso, sem saber se vamos alcançar a outra margem.

— Tem outra saída? — perguntou Pedro Diogo.

— Bem, outra saída, propriamente, eu não tenho. Mas escute aqui, se eu fosse o chefe, o negócio era prosseguir amanhã bem cedo rio acima até encontrar o tal passo onde deve andar o General Salgado, se é que já não passou. E se por lá estiver como aqui, nesse mundão de água, era da gente continuar pela margem até tomar boa distância do inimigo que vem atrás e que já deve estar cansado também.

— Em última análise, uma boa fuga.

— Ora, e pode me dizer o que estamos fazendo agora, se não fugir, fugir como boi ladrão?

Acenderam os palheiros com dificuldade – as mechas dos isqueiros estavam úmidas e eles não queriam esticar o braço para apanhar alguma brasa viva. Exaustos, não conseguiam dormir. O Tenente Vasco surgiu do escuro, sentou-se ao lado dos dois companheiros, queixou-se das articulações, era um antigo reumatismo que batia à porta sempre que o tempo passava a ameaçador. Deu uma demorada vista de olhos, ao redor.

— Como é, estão vendo a melhor maneira de salvar a própria pele?

— Estamos. Acho que todos aqui só estão pensando em como salvar a pele – disse o Tenente Pedro Diogo.

— É verdade, com uma exceção.

— Uma exceção? – estranhou o Tenente Vasco.

— Falo no coronel. Para ele, com a idade que tem, com a saúde do jeito que está, tanto faz morrer sentado ali ao pé daquela árvore como trespassado pela lança de um soldado inimigo ou, quem sabe, morrer afogado aí nesse mundão de água suja. – Fez uma pausa para pedir fogo, e concluiu: – Não conheci ninguém que tivesse cometido mais ruindade em toda a sua vida. Aliás, ele sempre repete: na guerra, como na guerra.

— Fala baixo – disse o Tenente Vasco.

— Ele não ouve, está meio surdo, e depois, ronca demais.

— Mas a gente dele por aí tem ouvido de tuberculoso — advertiu o Tenente Cabrera.

— Descansem, eles estão fazendo a ronda pelos arredores e só quem está ao lado dele é o coitado do Major Torquato, que parece ter uma ninhada de gatos no peito, com o raio daquela asma.

O Tenente Severo mantinha o poncho sobre a cabeça para evitar o sereno da noite.

— Não acredito que este casca-de-cobra saia vivo desta guerra, mas se conseguir sobreviver, sob minha palavra de honra, não descanso enquanto não conseguir fazer com que ele responda por todos os seus crimes nas barras de um tribunal militar.

— Não vá atrás disso, esses comandantes saem de uma e entram noutra sem pagar coisa nenhuma — disse o Tenente Vasco. — E depois, pode me dizer quem vai estar no corpo de jurados para aplicar a pena?

As palavras saíam entredentes, temerosos de um ouvido mais afinado, que qualquer descuido os levaria, na certa, para a frente de um pelotão de fuzilamento.

— No caso daquela fazenda, nas proximidades de Uruguaiana — disse Cabrera —, o homem foi além das chinelas. O coitado do homem entregou tudo, sem tugir nem mugir. Gado, cavalos, galinhas, bois de canga, ovelhas, carretas, mantimentos, roupas e até os talheres de cozinha. Afinal, era tudo o que a família tinha. E, se lembram bem, ele mandou o Capitão Azambuja deflorar a filha do fazendeiro, como chave de ouro. Tinha quantos anos, a menina? Uns dezesseis anos, se tanto.

— Mas Deus lá de cima via tudo. A menina foi vingada — disse Pedro Diogo — porque ele foi morto quatro horas depois, com um tiro no meio dos olhos durante a missão daquela patrulha que foi atacada na beira de um mato.

— Um tiro dado pela mão de Deus — disse Leandro, o baixinho.

— E depois — prosseguiu Cabrera — o coronel deixou que o Sargento Glicério arrastasse a mulher do homem para um galpão e, não contente com tudo isso, mandou degolar o infeliz como se faz com um inimigo.

— Pois se alguém aqui não acredita em Deus — disse Vasco —, o Glicério, que era sobrinho do Coronel Venâncio, morreu de um coice, meia dúzia de dias depois.

— Mas, para mim, o pior foi o que ele fez com o filho mais velho do fazendeiro. Como era mesmo o nome dele?

— Domingos Lavrador — disse Vasco.

— Isso mesmo, Domingos Lavrador. Coitado, ele devia ter uns trinta e cinco, trinta e seis anos. Recebeu a gente todo mesuras, dentes à mostra num riso largo, chegou a dizer que simpatizava com a nossa causa, perguntou pela posição do inimigo, informou sobre os melhores caminhos para a tropa e chegou mesmo a mostrar onde mantinha o milho escondido.

— Claro que era um dos nossos — disse o Tenente Vasco.

— Mas o coitado protestou pelo que haviam feito com a irmã menor, com a mãe e pela degola do pai, gritou que não era coisa de homem civilizado, mas de fera, foi aquilo que todo mundo viu: amarrado pelos pulsos num galho de figueira, e a ordem para a soldadesca formar em coluna por um, era para todo mundo dar o seu talho, aos poucos, a começar pelas orelhas, pelos dedos das mãos e assim por diante. Em menos de cinco minutos o rapaz virou um frangalho de ossos e de postas de carne viva. Pior do que se faz com uma ovelha, que afinal é sangrada pela jugular e recortada com técnica para o assado. Mas, que diabo, uma ovelha é um bicho e a gente mata para comer.

– Palavra de honra, só em lembrar aquilo tudo ainda tenho o estômago revirado. Foi muita maldade junta – disse o Tenente Cabrera, enquanto alisava com a faca a palha de milho para um novo cigarro.

– O Major Olímpio protestou e todos viram o resultado: pelotão de fuzilamento por alta traição.

– Um pouco mais e a gente tinha tomado o mesmo caminho do pobre do Major Olímpio.

– É melhor a gente parar com essa conversa toda – disse o Tenente Severo, quase num sopro. – Não vale a pena arriscar a pele só por lamúrias. Ou a gente devia ter tomado uma posição naquela hora ou deve meter a viola no saco, confiando em Deus que tudo vê e tudo sabe. Escutem o ronco dele, para mim são as almas do outro mundo que tentam tapar o nariz dele, para que morra por sufocação.

– Não acredito em almas do outro mundo – disse o Tenente Vasco. – Aqui a gente faz, aqui a gente paga.

Leandro ajeitou os pelegos e fez dos arreios uma espécie de travesseiro alto. Terminou de fumar o palheiro e puxou sobre o corpo o pala merinó. Mas ainda quis saber:

– Como era mesmo o nome daquele rapaz?

– Domingos Lavrador – disse Vasco cruzando o dedo indicador sobre os lábios e recomendando que dormissem.

O toque de alvorada saiu irreconhecível, fanhoso e desafinado. O Capitão Marinho já estava ao lado dos tenentes e, a título de explicação pela corneta de toque desencontrado, disse que o verdadeiro músico, o cabo corneteiro Lourenço, havia desaparecido no último combate:

– Aquele sim, tocava desde criança e tinha vocação.

– Mas, que diabo, estamos em plena noite – protestou o Tenente Cabrera. – Não dá para enxergar um palmo adiante do nariz.

– O negócio agora é fazer fogo e preparar o café.

– Café? – disse o Alferes Piragibe, que vinha chegando. – Há quase dois meses que chamam aquela água suja de café.

– E que remédio, meu filho – disse o capitão –, o que importa é botar no estômago alguma coisa quente.

Começara uma zoeira em todo o acampamento. Soldados tratando de arrebanhar os cavalos, os baques surdos dos machados cortando lenha, gente que ia e vinha do rio carregando latas d'água. No reduto do Coronel Venâncio o fogo começava a crepitar, largando espessa fumaça, enquanto o velho ainda permanecia encostado no tronco da árvore, agora com os olhinhos espremidos pelos zigomas, girando de um lado para outro, fiscalizando a azáfama que costumava anteceder todas as partidas. Ao redor dele, preparando seus confortos, os ajudantes-de-ordens, solícitos e prestativos, bacia com água para lavar a cara, caneca d'água para bochechar e tirar o azedume da noite. Ajeitaram uma banqueta de três pernas, um caixote virou mesa para que o velho tomasse o seu café preto engrossado com farinha de mandioca e adoçado com escuros pedaços de rapadura.

Ele falava tão baixo que só o Capitão Marinho conseguia entendê-lo. O capitão ia dizendo: sim senhor, sim senhor, a tropa já está de pé, os cavalos estão sendo apanhados, o tempo está sob controle e assim que chegar na hora aprazada vamos começar a operação travessia.

– O rio? Está brabo, coronel. Uma correnteza dos diabos, água barrenta de enchente, mas vamos tentar o possível e o impossível.

Depois voltou a colar o ouvido na boca murcha do coronel. Sacudia a cabeça, respeitoso. Depois explicou:

– O senhor vai atravessar na barca que encontramos ali na margem, ainda está em condições razoáveis, queremos que o senhor esteja do outro lado a fim de reunirmos a tropa depois da travessia, que não vai ser fácil.

Ouviu um pouco mais, com paciência.

– Quantos cavalos ainda? Eu acho, assim por alto, sem contar por cabeça, que ainda temos uns mil e poucos, no máximo, coronel. Pode deixar, já tomamos as providências. Primeiro os cavalos agrupados, os arreios vão depois pela barca. Não se preocupe, está tudo sob controle e se Deus quiser vamos ter sorte na travessia.

Momentos depois, quando reuniu-se com os demais oficiais, disse em voz baixa:

– Para falar a verdade, não acho que esteja tudo sob controle. Essa soldadesca miserável está doida para dar no pé. Vai ser difícil agarrar os desertores assim que eles se encontrarem do outro lado. Essa gente não agüenta mais.

Todos olharam para ele, desconfiados. O capitão tivera medo de dizer aquelas coisas para o comandante. Antigamente isso não acontecia. O Tenente Pedro Diogo conversou com seus botões, achou um pouco de graça na coisa toda, no fundo dava razão ao capitão: o velho caudilho estava tão velho e tão acabado que nunca mais teria forças nem coragem para dar ordens de degola ou de fuzilamento. Quando chegou a hora do café a maioria deles preferiu chimarrão, embora a erva não fosse nova e cheirasse a mofo. As canecas que passavam por perto mostravam um líquido negro que fedia como mijo de gambá. As bolachas de caixote estavam tão duras que muitos se divertiam jogando-as ao fogo, onde explodiam como munição. Por fim, eles desceram para as barrancas do rio de águas velozes, enquanto davam ordens de avançar; todos os que se aproximavam daquele turbilhão mostravam-se espantados, vendo incrédulos os redemoinhos largos e vorazes e tentando dominar os cavalos indóceis que tironeavam as rédeas em repetidas tentativas de se afastarem dali.

Vasco, Severo e Leandro foram examinar mais de perto a barca. Encontraram três remos em boas condições, fizeram sinais para alguns soldados a pé que se encontravam mais próximos, dando ordens para que fossem buscar a tralha do comando. Os homens obedeceram com lentidão, caras fechadas, com má vontade. Assim que conseguiram desencalhar da margem a barca apodrecida, viram que fazia muita água. Leandro disse que o problema podia ser resolvido se levassem em cada viagem alguns homens munidos de canecas e baldes, para drenarem a filtragem durante a travessia. Para o coronel reservariam a popa. Um remador de cada lado e um outro na proa para ajudar no rumo. Dois soldados para o trabalho de tirar a água, quatro cavalos e dois oficiais de segurança.

– O coronel sabe nadar? – perguntou um deles.

– Tanto faz – disse outro. – Se souber, não tem mais fôlego. Se não souber, vai ser chupado por um daqueles redemoinhos. E aí, meus filhos, que as águas lhe sejam leves.

– Esta barca chega do outro lado – disse Vasco, sem medo de errar. – E depois, convenhamos, o coronel tem sete fôlegos, como os gatos e as almas do outro mundo.

O dia se anunciava no horizonte quando o coronel desceu à frente de seu grupo. Caminhava com certa firmeza, apesar de tudo. O grande chapéu caía sobre os olhos, o pala era de cor indefinida e só em duas ocasiões ele foi amparado por seu ajudante-de-ordens, quando tentava descer por erosões do terreno irregular. Começou a caminhar pela água rasa da margem, molhando as botas de sanfona, galgou as bordas da barca e sentou-se no lugar determinado. Mais uma vez o Capitão Marinho achegou-se para ouvir o que ele queria dizer. Sacudiu a cabeça várias vezes: sim, o Major Torquato já estava vindo, mas com aquela sua asma não podia se dar ao luxo de molhar os pés. Dois soldados vigorosos embarcaram também. Mais o Tenente Cesário, quase menino, os sargentos Emiliano e Laurentino, o Alferes Piragibe também. Alguns homens trataram de ajudar no desencalhe da popa e quando a barca flutuou, afastando-se da margem, meio à deriva, levada pelas águas rápidas, o Capitão Marinho gritou ordens sobre ordens, preocupado em manter o controle da situação e impedir que a correnteza os levasse rio abaixo. Seria o fim de todos eles.

– Seja lá o que Deus quiser – disse o Tenente Leandro, fazendo o sinal-da-cruz, pés enterrados no lodo da margem.

– Agora vamos tratar de empurrar essa gente toda para dentro do rio. É preciso dizer a eles a verdade: ou eles passam ou ficam deste lado e perdem a cabeça assim que o inimigo der com as suas vanguardas por estas bandas.

– Acho bom que se comece a gritar isso para eles, pois do contrário nenhum vai ter coragem de enfiar rio adentro. Vamos logo – disse o Tenente Vasco.

De início os pelotões atacavam em bando e conseguiam avançar com relativo êxito, mas só enquanto os cavalos sentiam sob os cascos o leito barrento do rio. Logo depois rodopiavam, deixavam-se levar pela correnteza ou sacudiam do lombo os soldados aterrorizados, retornando em fúria em busca da terra firme para a seguir desandar a correr pelas coxilhas, como perseguidos por uma matilha de demônios. Foi quando os tenentes tiveram a idéia de amarrar uns cavalos aos outros e tentar a travessia em coluna indiana, cativa, o que começou a ser feito. E lá começou a enfiar-se pelo rio aquela serpente irregular, os cavalos mais fracos dificultando o avanço, enquanto os mais fortes começavam a manietar-se com as cordas, num desastre que começou a arrepiar os cabelos dos homens que já não tinham mais como retornar.

Muitos se deixavam levar rio abaixo, numa última tentativa de salvar a pele. Ouviam-se tiros e os sargentos a darem ordens para que atirassem sem dó na cabeça dos desertores. Eles temiam que o exemplo se multiplicasse e davam gritos de alegria quando alguns rapazes eram atingidos e afundavam no tumulto das águas, debatendo-se em desespero. Outros nem sequer entravam no rio, mas debandavam para a retaguarda, indiferentes ao inimigo que avançava. Trocavam a morte certa no rio por uma vaga esperança de compaixão dos perseguidores.

A barca, com o alto comando, já transpusera o meio do rio, mas chegaria na outra margem uns três ou quatro quilômetros a jusante, que a correnteza levava tudo de roldão.

— Eles não vão conseguir chegar do outro lado — disse o Tenente Severo.

— Chegam, sim. Eu sempre disse que o velho tinha fôlego de gato — disse um outro.

— Mas vejam que horror, esses rapazes não vão conseguir chegar à metade do rio. Eu me recuso a dar mais ordens, isso é um assassinato em massa, Santo Deus!

Mesmo assim, separaram-se para continuar incentivando a soldadesca a entrar na água, com disposição. Viram quando um magote de cavalos e homens era tragado por um redemoinho. Outros iam aos poucos se perdendo na distância.

— A barca deve ter chegado do outro lado — disse Cabrera aos companheiros que tratavam de empurrar os soldados para dentro do rio.

Todos berravam ordens e brandiam os seus longos chicotes. Por fim, os tenentes investiram pelo rio adentro, manobrando com perícia as suas montarias, rédeas tesas para impedir que os animais se afogassem, bom trabalho de esporas sempre que notavam algum esmorecimento, contando a distancia que diminuía lentamente.

Cabrera e Leandro conseguiram atingir a margem oposta. Chapinharam no lodo pegajoso do fundo, olharam para trás e não viram ninguém mais na direção deles, a não ser, rio abaixo, soldados e cavalos lutando para sobreviver. Subiram a pequena elevação do terreno, ofegantes, encharcados, deixando que os animais caminhassem para o pasto queimado. Por alguns momentos ficaram estirados na areia suja, tentando recuperar a respiração difícil. Os urubus planavam alto, na ronda macabra de sempre.

– O comando deve estar muito longe – disse o Tenente Leandro.

– Precisamos descer ao encontro deles. Se não me engano, as ordens são no sentido de rumar para Itaqui, às margens do rio Uruguai, onde já deve estar a nossa armada.

– Eu sei, a ordem é esta mesma. Já imaginaste chegar lá com meia dúzia de sobreviventes? Só queria ver a explicação do coronel.

– Isso não me interessa, é um problema só dele. Por mim, quero um assado de rês carneada na hora, com bastante sal e uma caneca de água fresca e limpa para beber.

– E depois, é quase certo que a cidade vai oferecer uma resistência dos diabos.

– Pois que resistam, não fazem mais do que a obrigação. Desta vez cuido da retaguarda, que é lugar mais seguro. Quero voltar para casa, rever a minha mulher e os meus filhos. – Leandro mostrava-se emocionado. – Um dia ainda quero ver o meu primeiro neto.

– Que Deus te ouça – disse o outro, fazendo o sinal-da-cruz e procurando erguer-se do barro, com esforço.

Exaustos, os cavalos se deixaram apanhar com docilidade. Sacudiram os pelegos molhados, reapertaram as cinchas, recolheram as rédeas viscosas e montaram, achando graça da fraqueza das suas próprias pernas.

– Sabe, eu me sinto hoje com a idade do coronel e com todo o seu reumatismo. Mas a gente tem que se apressar, antes que eles retomem a marcha sem esperar por ninguém.

Leandro estacou o cavalo que mal iniciara a caminhada, apontou para o outro lado, bem acima, e mostrou ao companheiro as silhuetas do que parecia ser a coluna de batedores do inimigo, vistos no alto da primeira coxilha.

– Gente de sorte – disse ele. – Vão encontrar um bom arsenal perto do rio, bois e carretas, arreios e trens de cozinha, e isso sem contar com a festa do fuzilamento em massa dos nossos homens que ficaram por lá. Céus!

– Só espero que tenham a mesma sorte que tivemos na travessia – disse Cabrera. – Vamos embora, não podemos perder tempo.

Cerca de uma hora depois encontraram os homens do comando. Estranharam a falta de reação do velho caudilho. Apenas o Capitão Marinho, cara fechada, aproximou-se deles para saber como tinha sido o desastre, detalhe por detalhe.

– Perdemos todos os homens?

– Acho que sim – disse o Tenente Cabrera. – Os que não morreram afogados, rio abaixo, desertaram pelas margens ou simplesmente voltaram por onde tinham vindo. Esses, acho que o inimigo não poupou.

– Que desastre! – exclamou o capitão, dirigindo-se para o coronel.

Permaneceu por alguns minutos falando ao velho, boca colada ao ouvido dele, enquanto o caudilho só abanava a cabeça. Mantinha-se de pé, sem nenhum amparo. Quando o capitão calou-se, ele perguntou se todos ali estavam prontos, queria ordenar a marcha. O Sargento Laurentino levou o cavalo dele para mais perto, Piragibe e Emiliano trataram de ajudá-lo a montar, encaixaram as suas botas gastas nos estribos e entregaram as rédeas para as mãos em forma de garra. O capitão olhou em redor e disse que tinham quatro cavalos para todos. Fez as contas, havia oito homens, sem contar com os tenentes que acabavam de chegar. Piragibe apontou para o sul:

– Vejam lá. Se não estou enganado, temos alguns cavalos desgarrados por estas bandas.

O capitão ficou de pé, apoiado nos estribos, e disse que era verdade, depois apontou mais para a direita e disse que bem mais perto andavam três cavalos desgarrados, era só os dois soldados tratarem de buscá-los. Os rapazes correram para cumprir as ordens e o grupo ficou na espera, ninguém se animava a deixar os companheiros sem montaria, ali abandonados, quase ao alcance da mão do inimigo. Viram quando os soldados arrebanhavam os animais, montavam em dois deles e traziam o outro pelo cabresto.

– Tivemos sorte – disse o Tenente Leandro.

– Mas ainda falta um cavalo – disse o capitão.

– Bem, se me permite, capitão, os dois soldados bem que podiam nos acompanhar, se quarteando, um quilômetro a pé, um quilômetro a cavalo.

Os rapazes chegaram e apearam, sorridentes. O capitão determinou que duas montarias estavam destinadas aos sargentos Laurentino e Emiliano. Deu de rédeas e aproximou-se do comandante para consultá-lo. Encostou o seu cavalo no dele, ficando perna a perna, ouviu o que o velho dizia e retornou para junto dos demais.

— O coronel acha melhor que um dos soldados fique aqui e o outro vá buscar lá adiante um outro cavalo para o companheiro. Ele acha que não pode atrasar a marcha.

Os rapazes disseram que estava bem e que ficariam. Marinho esporeou o seu cavalo, juntou-se ao comandante e ambos iniciaram a caminhada, seguidos pelos demais.

Na retaguarda, Leandro aproximou-se de Cabrera e disse, em voz baixa:

— Para mim, esses soldados deram graças a Deus por se livrarem do coronel.

O outro disse que chegara a pensar em oferecer o seu cavalo a um dos soldados e ficar por lá, com o outro.

O Capitão Marinho levantou o braço e deu ordem de alto.

— O coronel quer que se organize a marcha. O Sargento Laurentino permanece por aqui até ganharmos uns dois quilômetros. O Sargento Emiliano galopa em frente para assumir o papel de batedor avançado. O Tenente Cesário segue pela esquerda e o Alferes Piragibe pela direita, sempre a um quilômetro de distância, no mínimo, de maneira que a gente possa fazer contato visual. Os restantes seguem ao lado do Coronel Venâncio de Ornelas.

Reiniciaram a marcha, sem pressa, que os cavalos se mostravam extenuados. Cabrera e Leandro marchavam atrás, deixando o grupo ganhar um pouco mais de distancia.

– Sinto um aperto na garganta só em me lembrar da sorte ingrata do Severo, do Pedro Diogo e do Vasco.

– Guerra é guerra, meu velho – disse Leandro, com vontade de espantar as lembranças tristes.

– Pensando bem – disse Cabrera –, quem sabe até se eles não tiveram mais sorte do que nós. Repare bem: não trouxemos um pedaço de carne, nada que se possa comer e sabe lá o que nos espera aí pela frente. Isto aqui ainda é território inimigo.

O outro aproximou ainda mais o seu cavalo, de maneira que marchassem juntos, e quis saber:

– Quantos dias pode sobreviver um homem sem comer nada?

– Sei lá, nunca perguntei isso a ninguém. Mas já ouvi dizer que um homem sobrevive muitas semanas sem comer, mas que pode morrer se não tiver nada para beber.

– Bem, água a gente encontra por aí – disse Cabrera, mais animado. – E por falar nisso, acho melhor a gente calar a boca para que a sede não chegue antes da hora.

Fizeram um sinal de mútuo consentimento, afastando-se um do outro, mas não muito. O cavalo do comandante era o melhor de todos e marchava imperturbável, cabeça erguida e passo firme. Sol a pino – o dia ia pelo meio –, Cabrera comentou com o companheiro que se os cavalos agüentassem, tudo ia bem. O seu, por exemplo, tropeçava em qualquer desnível de terreno e andava de cabeça baixa, o que era mau sinal.

– Será que o coronel não vai autorizar meia hora de descanso para a cavalhada? – disse Leandro.

– Ora, se ele não está preocupado com a gente, vai agora se preocupar com os animais. Essa é muito boa.

Só quando o sol caía no horizonte é que o Capitão Marinho aproximou o seu cavalo da montaria do comandante e disse qualquer coisa para ele. O velho ergueu a ponta da aba do chapelão, olhou firme para o capitão e disse poucas palavras inaudíveis para os demais. O ajudante-de-ordens mostrou-se satisfeito, pois sorriu e esporeou seu animal, juntando-se com o grupo que marchava mais atrás. Disse qualquer coisa para eles e rumou para os dois tenentes que vinham por último. Anunciou que acampariam no primeiro lugar apropriado, numa ponta de mato ou numa coxilha de onde pudessem ter uma visão ampla dos campos e de onde pudessem defender-se no caso de aparecer alguma patrulha avançada do inimigo. Depois fez com que seu cavalo trotasse mais rápido e foi na direção do Sargento Emiliano, que fazia o papel de batedor.

Ao atingirem o alto de uma coxilha, o Capitão Marinho deparou com um capão cerrado e a ponta de alguns telhados. Disse que tudo indicava que iam ter um bom lugar para passar aquela noite. Retornou a galope, arriscando uma rodada do cavalo que trocava as patas e testavilhava seguidamente, de cansaço.

– Uma fazenda – disse ele, aproximando-se do coronel que perscrutava o campo distante ainda, mão em pala sobre os olhos.

Leandro e Cabrera foram mandados na frente para um primeiro contato com os moradores da fazenda. Reuniram-se mais adiante com o sargento que os esperava e seguiram na direção do capão que prometia sombra e comida. Logo depois voltava o Tenente Leandro, sorridente, acercando-se do coronel:

– A fazenda está abandonada, coronel. Boa água, boas camas e pelo visto muito mantimento. O Sargento Emiliano disse que viu alguns bois para o norte e que é só tratar de apanhar um bicho daqueles para o churrasco desta noite.

Pela primeira vez na vida ele viu no rosto do coronel um leve esgar de sorriso. Até os cavalos pareciam mais animados, como se voltassem para casa. O grupo se dirigiu para a casa abandonada, entrou no mato de grandes árvores, um curral espaçoso, galpões, a boa casa de alvenaria, pintada de branco, largas janelas envidraçadas. O Sargento Emiliano surgiu de dentro de casa e informou que vasculhara tudo e não encontrara vivalma. Ergueu o braço e exibiu, como um troféu de guerra, uma bela manta de charque. Deu um grito de índio e correu para o pátio ensombrado ao lado da casa.

O coronel apeou com dificuldade e dirigiu-se para a porta principal. O sargento já abrira as janelas e o interior estava banhado por uma tênue claridade do dia que chegava ao fim. Tudo nos seus lugares, como se os donos da casa tivessem saído para um casamento ou batizado, para retornar logo depois. A mesa grande de jantar, com toalha e vaso de barro. Uma cadeira rústica de balanço, um balcão com vidros e garrafas. Na cozinha, um grande fogão de tijolos, chapa de ferro com quatro bocas, armário com louças e panelas, retratos pelas paredes e um lampião grande ainda com um resto de querosene. Os homens esfregavam as mãos, de satisfeitos. Ofereceram a cadeira de balanço ao comandante que caiu nela com um suspiro de prazer.

O Capitão Marinho encarregou Leandro e Cabrera de, com o auxílio do Sargento Emiliano, buscarem no campo um boi para ser carneado. Encontraram laço de quatro tentos, praticamente novo, enrodilhado no galpão da frente; argolas, ilhapa, corpo e presilha como se tivessem saído das mãos do artesão. O Tenente Cabrera agarrou a peça flamante e disse que estava emocionado com aquele laço, havia muito que não via um igual, feito na certa por mãos de mestre.

– Deixem comigo. Está para nascer o bicho que consiga fugir de um tiro de laço dado por mim.

O Capitão Marinho veio examinar a peça. Seus olhos brilharam. Recomendou que trouxessem o boi antes que a noite caísse de todo e que depois dariam aquele laço de presente para o Coronel Venâncio, como prêmio de seu sacrifício e de sua bravura.

Quando saíram em busca do boi, a noite chegando com seus presságios e pios de mochos invisíveis, Leandro não se conteve:

– Então este laço deve ser dado de presente ao nosso bravo e sacrificado comandante! Muito bem, viva o coronel comandante da tropa que morreu afogada no rio Ibicuí!

– Pois que fique com o laço – disse o Tenente Cabrera, tranqüilo. – Ele já não tem força nem para pegar a rodilha do isqueiro de mecha.

– Razão tinha o Major Torquato – disse o Sargento Emiliano. – Ele sempre disse que esse coronel ia levar a gente para a desgraça.

– Major Torquato? Mas afinal o que houve com o major que saiu na barca e desapareceu? – disse Leandro.

O sargento ficou meio espantado, mas então eles não sabiam da morte trágica do major?

– Não sabemos de nada – disse Cabrera. – Vimos o homem tomar a barca com o comando e depois não vimos mais o homem.

— Ele teve um daqueles acessos de tosse da asma – disse o sargento – e terminou se desequilibrando e caindo n'água, bem no meio do rio.

— E ninguém tentou salvar o homem?

— E de que jeito? Ficou todo mundo olhando o coitado desaparecer rio abaixo, aparecia e desaparecia e se perdeu da gente – disse o sargento, quando já avistava o primeiro boi.

Noite fechada, o Capitão Marinho ouviu quando eles chegavam com o boi preso pelas guampas, foi ao encontro deles, ouviu a voz do Tenente Cabrera:

— Gordo não está, major, mas é um animal e tanto.

— Pois estaqueiem o bicho, vou mandar mais gente para ajudar, sangrem e tragam a carne para o galpão que o braseiro está no ponto.

Foi quando notou a ausência do Sargento Emiliano:

— Mas onde ficou ele?

— Não sabemos, capitão – disse Leandro. – Depois de agarrado o bicho vimos o cavalo do Emiliano sem arreio nem bridão, alvoroçado como se tivesse visto cobra cascavel. Nem sombra do sargento.

— Mas um homem não pode desaparecer assim, sem mais nem menos – disse o capitão.

— É o que a gente também achou, mas o homem desapareceu mesmo.

Quando relatavam o sucedido ao coronel viram que o velho fazia gestos de irritação, balançando a cadeira com mais vigor. Leandro perguntou se não seria conveniente despachar dois ou três homens pelas imediações, enquanto assavam a carne. Disse que o inimigo podia andar por perto, armando surpresas para a noite, fazendo emboscada na falta de mais gente.

– Muito bem pensado – disse o Capitão Marinho. – O Sargento Laurentino, que acaba de chegar, caminha na direção do sul, aqui o Tenente Cabrera faz o mesmo para o norte, Cesário para leste e o Alferes Piragibe toma o rumo do oeste. Cuidado, nada de brasa de cigarro, nem tosse e por mais cansados que estejam, nada de dormir, que é morte certa.

Os homens se prepararam, municiando-se, e cada um tomou o rumo indicado. Cabrera amaldiçoou entredentes os cuidados do capitão e já no pátio, puxando pelo braço do amigo Leandro, pediu que lhe guardasse uma aba de costela com boa gordura.

– Me diga uma coisa: e esse desaparecimento do pobre do Emiliano?

– Nem quero falar nisso – disse Cabrera. – E logo a mim é que mandam nesta escuridão para encontrar o infeliz e descobrir inimigo por aí.

– E não havia ninguém por perto – disse Leandro. – Muito menos soldados de qualquer coluna de batedores.

– Duvido. Se andassem soldados por aí, na certa já teriam batido na porta e não custava nada acabar com todos nós. Não duvido que poupassem o coronel para levarem como troféu de guerra.

Cabrera saiu contrariado. Leandro foi para o galpão cuidar do assado, sonhando com um chimarrão feito com erva nova. Mais tarde, depois de todos comerem à farta, espetos separados para os ausentes, Leandro saiu na direção norte para trazer o amigo, deixara separada a costela gorda. Na volta, pensou, cairia como morto num dos catres da casa e dormiria por 24 horas seguidas. Mas pouco depois voltava, pálido, olhos arregalados, mãos trêmulas, voz sumida, anunciando que encontrara o Tenente Cabrera degolado na beira de uma sanga, sem armas nem cavalo, e que só tivera certeza da desgraça, naquela escuridão, quando passou a mão pelo corpo e sentiu que os dedos sumiam na posta de sangue do pescoço.

– Mas como – disse o capitão – mataram o Tenente Cabrera? Deve andar soldado inimigo por aí!

O coronel parou de balançar a cadeira e quis saber o que estava se passando. O capitão foi relatar para o velho o que acontecera. Leandro notou que o coronel demonstrava um pouco de medo e outro tanto de incredulidade. Mas não saiu da cadeira.

– Quero que tragam o corpo aqui – ordenou o velho, com voz apagada e rouca.

Formaram um pequeno grupo, armas em punho, o capitão à frente, o Tenente Leandro para mostrar o caminho, o Alferes Piragibe, que acabara de chegar, faminto e sonolento, e saíram relutantes, sumindo na noite.

Quando regressaram, o coronel estava dormindo sentado na cadeira de balanço, lampião de luz amortecida. O capitão tocou de leve no braço do velho, que acordou inquieto e foi logo perguntando pelo corpo, queria ver o corpo. Deve ter notado que o ajudante-de-ordens estava lívido. E quando conseguiu falar ele disse com voz insegura:

– Não encontramos o corpo, coronel, nem o cavalo, não encontramos nada.

– Estiveram no lugar certo? – disse o velho.

– Acho que estivemos.

– Ah, bem, então acha que esteve no lugar certo. Só isto?

— Não, coronel. Outra desgraça. O Tenente Leandro desapareceu como se tivesse sido carregado vivo para o céu.

— Ora, não me venham com histórias — disse o comandante, irritado.

— Palavra de honra, coronel, pela luz dos meus olhos — disse o capitão.

— E não ouviram sinal de luta, nada?

— Coronel, a gente podia escutar o silêncio. O tenente estava junto de todos nós, caminhava um pouco à frente e de repente nem rasto dele; e outra coisa, coronel, não encontramos sanga nenhuma nem os cavalos.

O coronel ordenou que lhe colocassem nas mãos uma boa arma, de preferência uma espingarda de dois canos, muita munição para encher os bolsos, mandou que fechassem janelas e portas, que passassem as trancas e apagassem o lampião.

O ajudante-de-ordens começou a tomar as primeiras precauções, determinou que cumprissem as ordens do coronel, chamou o Alferes Piragibe e disse a ele que tomasse posição debaixo da árvore que ficava ao lado da porteira principal. O Tenente Cesário deveria postar-se a uma certa distância da casa, para os lados dos fundos, e ele, Marinho, permaneceria dentro de casa para ajuda ao comandante, em caso de emboscada e ataque.

A noite estava um breu. O silêncio pesava. Marinho começava a ficar nervoso com o ranger da cadeira de balanço do coronel. Por fim, abriu a outra metade da porta e saiu lentamente em direção de onde deveria estar o alferes, sentinela postado junto à porteira principal. Retornou de pronto, esbaforido, acercou-se às apalpadelas da cadeira do comandante, disse que encontrara Piragibe morto, dependurado na cerca de arame farpado, despido e com um rombo de tiro no peito.

— Tiro não pode ser — gritou o coronel. — Tiro a gente tinha ouvido aqui de dentro. Fique sabendo, capitão, que para mim ninguém mente, muito menos o meu ajudante-de-ordens. Saiba disso.

— Mas, coronel, estou dizendo a verdade, apalpei o corpo do alferes, botei a mão no ferimento, o homem estava morto e frio.

— Se isso não for verdade mando lhe passar pelas armas, por alta traição — disse o velho, empunhando com mais firmeza a espingarda de dois canos.

Ordenou ao capitão que fosse chamar o Tenente Cesário, que aumentasse a luz do lampião e que o levasse para uma das árvores do pátio, dependurando-o num galho qualquer. E que fizessem assim com outros lampiões ao redor da casa e que voltassem, os três ficariam de tocaia ali dentro, para o que desse e viesse.

O capitão levantou bem a mecha do lampião e saiu com ele balançando, atento para qualquer ruído. Chamava em voz baixa pelo Tenente Cesário, levantava luz para enxergar mais longe, até que viu o tenente vindo em sua direção, cambaleando, mãos apertando o estômago, olhos esbugalhados, até que rolou, morto, no chão de terra e de folhas secas. O capitão recuou, suor a escorrer pelo rosto, camisa empapada, oprimido por uma avassaladora sensação de paralisia. Sentiu a garganta apertada, o mundo a girar em torno de si, caindo pesadamente, com o ruído que teria feito um saco de batatas.

Logo depois o velho caudilho ouvia um tiro seco e um grito de dor que lhe parecera ter saído da garganta de seu ajudante-de-ordens. Encontrava-se no escuro e do lampião que fora levado para fora vinha uma luminosidade fraca e distante. Notou que começara a soprar um vento brando, fazendo com que a folha da porta entreaberta rangesse compassada e lúgubre. Engatilhou os dois canos, notou que estava com a boca seca e a cabeça dolorida. Afora o ranger da porta, o silêncio era quase total. Pensou que não podia ter acontecido nada com o Capitão Marinho, ele na certa dera conta do recado, sempre fora um bravo.

Com um certo alívio viu que aumentava a claridade vinda do lampião, as sombras mais nítidas dançavam na terra batida do pátio, ouviu o ruído de botas arrastando esporas chilenas e logo depois o vulto de um homem que trazia o lampião numa das mãos e que com a outra abria a porta de par em par, entrando a passos lentos.

Mas não era o Capitão Marinho. O grande chapéu de abas caídas, a barba cerrada e a sombra larga escondiam a fisionomia do estranho que depositou o lampião sobre um canto da mesa, sentou-se num banco e ficou a preparar, sem pressa, um cigarro, alisando compassado a palha de milho, com um grande facão manchado de sangue.

– Quem é que está aí? – perguntou o coronel, voz quase sumida.

O homem virou-se, tirou o chapéu e deixou que seu rosto fosse iluminado pela luz do lampião. Sua voz era fria e impessoal:

– O senhor deve me conhecer. Me chamo Domingos Lavrador.

Uma noite de chuva

"Parecia que ia morrendo em segredo. Mas uma rumorosa vida rugia mais que oceano ou vento nas suas mãos em movimento. Agarrava o tempo e o destino com um ágil dedo."

Cecília Meireles

A noite já chegara de todo e começava a cair uma chuva de junho, fria e rala. Vinícius desceu do carro, apressado, abriu as duas folhas de ferro trabalhado do grande portão de entrada, retomou a direção e viu, quando ligou os faróis altos, que a garagem, nos fundos, encontrava-se vazia. Helga não estava em casa. Assim, não precisava voltar sob a chuva miúda para fechar o portão que separava o jardim da rua. Como sempre fazia, estacionou bem junto da parede esquerda para facilitar a manobra do outro carro. Abriu a porta que ligava a garagem à cozinha e viu que a empregada cuidava dos preparativos do jantar.

– D. Helga saiu há muito tempo?

A mulher limpou as mãos no avental e disse que a patroa até já havia guardado o seu automóvel, mas que o tirara novamente para buscar algumas coisas que havia esquecido quando fora ao supermercado, naquela tarde.

— Mas era coisa assim tão importante para que saísse com esse tempo?

Ela disse que não sabia. Vinícius consultou o relógio: eram sete e meia da noite.

— Loucura — disse ele, sacudindo o casaco e limpando os pés no tapete. — Ela podia ter me telefonado e na passagem pelo supermercado eu compraria as coisas que faltavam. Que horas Helga saiu?

— Antes das seis e meia. Pouco antes.

Ele afrouxou o nó da gravata, tirou o casaco e disse que ia trocar de roupa e depois queria beber uma boa dose de uísque enquanto esperava pela mulher. Recomendou que botasse gelo no balde e preparasse as coisas. Aproveitaria a espera para ler o jornal da tarde. Procurou lembrar-se de algum compromisso para aquela noite. Nenhum. Era uma quarta-feira e a televisão levava o seriado policial de sua preferência.

Ao chegar na sala encontrou a cadeira de braços sob a luz forte do abajur de pé, a pequena mesa auxiliar ao lado, com a garrafa de uísque, dois copos e a cumbuca abastecida de gelo. Havia um começo de fogo na lareira e a casa lhe parecera mais acolhedora do que nunca. Olhou para o grande relógio de parede e viu que o ponteiro grande chegava perto das oito e sentiu-se levemente inquieto, incapaz de prestar atenção às manchetes da primeira página. Tratou de servir-se de gelo, despejou uma boa dose para tirar o frio dos pés e das mãos, e ficou de ouvido atento ao ruído de carros na rua sem saída, distante uns dez quilômetros do centro, uma rua habitualmente só utilizada pelos vizinhos, que eram poucos.

Observava curioso o vaivém da empregada que tirara o arranjo de centro da mesa, colocava uma toalha branca e distribuía sobre ela copos, pratos e talheres. Depois de tudo arranjado, ela disse ao patrão que quando quisesse comer, era só avisar.

– Vamos esperar por Helga, ela não deve demorar.

Quando ele ouvisse o ruído do motor e o rascar dos pneus no areião de entrada, colocaria duas pedras de gelo no outro copo e deitaria nele uma boa dose de uísque para esperá-la carinhosamente. Ralharia com Helga, aquilo não eram horas para andar pela rua, ainda mais com a chuva que aumentava de intensidade, num tráfego engarrafado e cheio de armadilhas. E depois, que diabo, ele estava morrendo de fome. Lá de dentro vinha o cheiro gostoso de um pastelão de galinha, especialidade da cozinheira. Faria com que a mulher trocasse logo de roupa, que tirasse os sapatos molhados e calçasse uns confortáveis chinelos de lã. O seriado da TV começaria às dez horas e logo depois eles tratariam de ir para a cama. Pediu à empregada que fosse ligar o ar quente do quarto, queria que Helga encontrasse tudo quentinho e aconchegante.

– Oito e vinte, meu Deus! Helga bem que podia lembrar-se da gente.

Veio-lhe à mente a cena de um pneu furado, Helga às voltas com o incidente, carros buzinando atrás, ninguém para prestar auxílio, o distribuidor molhado e ela, em plena avenida, com o carro emperrado. Mas que diabo de coisa tão importante assim teria levado a mulher a sair de casa, sem pelo menos dar um aviso pelo telefone, ou esperar que ele chegasse, quando podiam ter ido os dois juntos?

A empregada ficara de pé, apoiada no umbral da porta da cozinha, braços cruzados, olhando para ele. Ouviram o roncar de um motor, um carro manobrando e a seguir, novamente, o barulho das pingadeiras. A empregada disse que tinha sido o vizinho médico. Ele tornou a consultar o relógio que parecia andar mais veloz. Nove horas. Abriu o jornal, ao acaso, não conseguia ler uma linha sequer. Nisto o telefone tocou. Vinícius teve um sobressalto e fez sinal para a empregada, ele mesmo atenderia.

— Só pode ser Helga, encrencada no meio da rua — conseguiu dizer, aparentando calma.

— Diga a ela para não demorar, senão o pastelão de galinha termina secando — disse a empregada, retornando à cozinha.

Vinícius esperou por mais uma chamada. Levantou o fone e levou-o, temeroso, ao ouvido.

— Alô. Sim, é este número mesmo. É o Dr. Vinícius quem fala. Pois não. Como? Não estou ouvindo bem. Fale mais alto, por favor.

Ficou algum tempo a escutar o que diziam do outro lado do fio. Permanecia de pé, sacudindo a cabeça. Largou o fone no gancho e subiu a escada em meia dúzia de saltos. Gritou lá do alto, segurando-se no corrimão:

— Helga sofreu um acidente!

A empregada correu até à sala de jantar, exclamou meu Deus do céu, e desatou a chorar em silêncio. Vinícius desceu embrulhado numa gabardina e correu para o carro. Arrancou de ré sem quase olhar para trás, manobrou ágil na rua e partiu como um pé-de-vento, motor roncando na noite fria e chuvosa, garganta fechada de medo, coração a bater forte no peito.

Meu Deus, meu Deus, por que Helga foi sair numa noite dessas! O carro derrapava nas curvas, passou por diversos sinais fechados, mão na buzina, faróis altos, a imaginar Helga entre as ferragens do carro, pista cercada por curiosos, a polícia e os médicos tratando de colocá-la numa ambulância. A voz pelo telefone dissera que o carro teria sido reconhecido por alguém como sendo o da mulher dele, um Passat cor gelo, estofamento claro, bagageiro de alumínio sobre a tolda. Não soubera dizer como estava a motorista, uma senhora alta e loira, vestindo um *chemisier* estampado, com fundo verde. Helga teria saído com aquele seu vestido? Entre o ronco do motor e o barulho ritmado do limpador de pára-brisa ele parecia ouvir vozes, um médico a dizer no corredor do hospital: ela sofreu contusões generalizadas, ferimento inciso no tórax, corte no supercílio, pequena hemorragia interna, leve traumatismo craniano. E se ainda não tivesse sido recolhida da rua molhada? Vislumbrou, num átimo, a mulher estendida no asfalto, cabelos empapados pela chuva, os olhos azuis como a pedir socorro ao marido que chegava. Ele estenderia a sua gabardina sobre seu corpo, ampararia sua cabeça com as mãos e ajudaria a colocá-la na maca. Mas por que, Helga querida, sair numa noite dessas?

    Notou de longe, através do vidro embaciado, um aglomerado de carros e de gente na esquina indicada pela voz anônima ao telefone. Viu as luzes cintilantes dos carros de polícia e de uma ambulância. Então Helga ainda não havia sido removida para o Pronto Socorro. Correria para o lado dela, telefonaria para todos os seus amigos médicos, pediria que eles fossem urgente para o hospital, que salvassem

Uma noite de chuva

Helga, ela precisava ser salva. Recusava-se a imaginar o pior. Suas vidas mal começavam, os planos de uma casa na serra, a viagem ao redor do mundo em março do próximo ano – isto, se ela não ficasse grávida.

Encostou o carro no meio-fio, abriu a porta e saiu correndo sob a chuva que naquele momento caía forte. Foi abrindo caminho entre os curiosos e finalmente vislumbrou o Passat cor de gelo dobrado em dois em torno de um poste fora de prumo. O bagageiro de alumínio estava retorcido, disforme. Vidros quebrados. Policiais obrigando os curiosos a recuarem. Teve medo de olhar para o asfalto. Seus ouvidos zuniam e pouco enxergava por causa da cortina de chuva que lhe empapava os cabelos e escorria pelo rosto. A porta da esquerda estava aberta e ele não viu ninguém lá dentro. Viu os pneus furados, a farinha de vidro e as manchas de sangue no asfalto que eram lavadas pela chuva. Forçou passagem, foi empurrado por um policial de impermeável negro e luzidio, e quando ia perguntar pela motorista, sentiu que alguém lhe pegava pelo braço, com dedos suaves. Ouviu a voz de Helga:

– Meu bem, pelo amor de Deus, o que estás fazendo aqui nesta chuva? Eu pensei que já estavas em casa, me esperando.

Vinícius sentiu uma estranha sensação de vazio. Quis dizer alguma coisa e não conseguiu. Virou-se para o carro acidentado, apontou para ele, como a interrogar Helga. Ela estava com os cabelos molhados, o *chemisier* floreado com fundo verde colado ao corpo.

– Igualzinho ao meu carro. Não vais me dizer...

A água fria da chuva ajudou que ele recuperasse a voz, depois do impacto:

— Mas eu estava certo de que era o teu carro. A mesma marca, a mesma cor, aquele bagageiro, o telefonema...

— Que telefonema? – quis saber ela.

— Uma voz de homem que me avisou do acidente, dizendo que era o teu carro.

— Alguém que se enganou, também. Mas pelo amor de Deus, vamos embora, estou morrendo de frio e de fome.

— Mas ninguém deve ter saído com vida disso aí – disse ele, hipnoticamente voltado para o monte de ferros retorcidos, os dois faróis ainda acesos, como a luz dos mortos.

— Um dos guardas disse que vinha apenas uma mulher na direção – disse Helga.

— Uma mulher?

— Foi o que ele disse. Morreu na hora, nem foi preciso ambulância, saiu direto no rabecão para o necrotério.

— Que coisa terrível, minha querida! Quem sabe se não era moça, mãe de família, cheia de saúde e de planos?!

— Vamos para casa – disse ela, puxando seu braço. – Estou com medo de pegar uma pneumonia debaixo desta chuva.

Saíram com dificuldade do grupo compacto que tentava enxergar alguma coisa mais de perto, tentando furar o bloqueio dos guardas. Vinícius ainda parou no meio-fio, agarrou Helga pelos dois braços, sacudiu-a com repentina alegria, beijou-lhe as faces molhadas, exclamando:

— Meu Deus, eu estava certo de que fosses tu!

Uma noite de chuva

Ela sorriu e passou-lhe as mãos no rosto. Aferrou-se no seu braço e disse que era melhor voltarem para casa. Disse que uma bebida forte calharia muito bem depois de toda aquela chuva, tinha os sapatos cheios d'água.

– Mas onde está o teu carro?

– Deixei no estacionamento do supermercado. Quando me falaram no acidente corri até aqui para saber se não era com pessoa conhecida. A gente nunca sabe. E terminei te encontrando, o que afinal não foi das piores coisas.

– Então vem junto comigo, amanhã levas o teu. Deixaste alguma coisa importante dentro dele?

– Não, nada de importante. O que eu fui buscar não tinha mais. Para não perder a viagem comprei bobagens que levo amanhã.

– Ótimo – disse o marido, levando-a na direção do seu carro, braço em torno de sua cintura. – Assim voltamos juntos.

Abriu a porta da direita, deixou que ela entrasse e fez a volta, quando encontrou com um guarda que lhe perguntava se não havia visto a placa de estacionamento proibido, sujeito a guincho. Vinícius pediu desculpas, disse que sabia, mas revelou que havia pensado que o carro acidentado era o de sua mulher. O guarda levantou o polegar da mão direita, como a dizer que tudo estava bem, e mandou que ele saísse dali rapidamente.

Quando deu partida ao motor, notou que Helga mantinha-se encolhida no seu canto, trêmula, roupa encharcada e cabelos escorridos. Arrancou devagar, fez o retorno e partiu.

– Assim que chegarmos em casa, meu amor vai direto para um banho quente – disse ele, estendendo a mão e segurando forte seu braço gelado. – Duas doses duplas de uísque, sem gelo, só para não pegar uma gripe que pode nos derrubar. Estás te sentindo melhor?

– Mais ou menos – disse Helga, aproximando-se do marido e passando o braço esquerdo ao redor dos seus ombros. – Estou sonhando com um bom banho, com um gole de uísque e com a nossa cama macia e bem quentinha.

– Nosso quarto já está com o ar quente ligado.

– Obrigada. Eu hoje não quero ver televisão, não quero ler, não quero nada. Se eu pudesse, palavra, dormiria por dois dias seguidos.

Vinícius passou a mão pelos seus cabelos, pelas suas faces frias, e perguntou se não seria melhor chamar um médico, assim que chegassem em casa, para que ele receitasse algum remédio específico contra gripe. Helga achou graça na preocupação do marido:

– Mais sensato seria pedir à Lena que nos preparasse um chá de limão, bem quente, para se tomar com dois comprimidos de aspirina. É tiro e queda.

– Mas depois do banho eu acho que devemos comer aquela empada grande de galinha que Lena sabe preparar como uma deusa. Caso contrário, ela pode ficar ofendida.

– Ótimo, comeremos o pastelão feito por ela e antes de deitar a gente toma o chá de limão com aspirinas.

O carro andava devagar pelo meio do trânsito difícil, as ruas alagadas, carros emperrados e o ruído de muitas buzinas impacientes. Apesar de molhado,

Vinícius sentia-se imensamente feliz, como se acabasse de ter saído de um pesadelo. Dirigia só com a mão esquerda, enquanto que com a outra segurava o braço de Helga, tentando transmitir-lhe um pouco de calor e tranqüilidade. Lembrava-se do momento em que tentava abrir caminho por entre toda aquela gente que se aglomerava ao redor do carro espatifado, da mesma marca, da mesma cor e com um bagageiro igual, ou pelo menos também de alumínio como o do carro de Helga.

— Minha querida, não podes imaginar o choque que levei quando vi aquele carro, daquele jeito, todo o asfalto coberto de vidro moído e aquelas terríveis manchas de sangue. Não sei o que me aconteceria se eu visse, no meio de tudo aquilo, o meu amor. Céus, eu não quero mais pensar nisso.

Helga limpou o rosto com um pequeno lenço, recostou a cabeça de encontro ao seu ombro, e suspirou fundo.

— Pois não era o meu carro, a mulher que ia na direção não era eu. Agora só peço que o meu amor esqueça tudo e pense nas coisas boas da vida.

— A nossa viagem à Europa, nossa casa da praia e, quem sabe, um filho em troca de todos esses planos. Não queres um filho?

— Não tenho pensado noutra coisa, meu amor. Amanhã mesmo vou ao médico, agora quero ter a certeza.

— Um menino.

— Uma menina, tanto faz. O que vier, vem com amor.

— Claro. Acho até que uma menina ia me agradar ainda mais. Isso se ela copiar da mãe os mesmos olhos azuis, a mesma boca, o mesmo perfil. Vou torcer por isso.

– Se viesse uma menina – disse ela, aconchegando-se mais a ele –, já pensei em vários nomes. Patrícia, Helena ou, quem sabe, simplesmente Maria.

– Vamos fazer um trato: se vier um rapaz, eu dou o nome. Se for menina, o nome será por tua conta. Combinado?

– Combinado.

Helga tossiu e espirrou várias vezes. Passou o lenço na testa e disse que estava certa de que a tinham pescado de jeito:

– Vou terminar pegando uma cama demorada.

– Nada disso. Um banho de água bem esperta, uma boa dose de uísque e uma cama superaquecida. Enquanto isso peço à Lena que prepare um chá de limão incrementado, duas aspirinas e, para fechar tudo com chave de ouro, um sono sem hora marcada para acordar. Deixa isso comigo.

Vinícius entrou num desvio da avenida principal, entrou numa travessa de menos movimento e finalmente o carro dirigiu-se para o largo portão de ferro da entrada. Havia muitos carros estacionados ao longo da rua. Ele disse que devia haver festa na casa de algum vizinho. Manobrou com dificuldade para livrar-se da traseira de um carro grande e notou que sua casa estava toda iluminada.

– A pobre da Lena deve estar preocupada e com medo. Que horas serão?

– Não sei – disse Helga. – Não faço a mínima idéia.

Vinícius cuidava para não sair da trilha e esmagar as folhagens laterais. O carro avançava lentamente. Helga pediu que ele desse uma breve parada, ela queria descer ali enquanto ele guardava o carro e fechava a garagem.

— Assim eu aproveito para tirar logo estas roupas molhadas. Não demora – disse ela, dando-lhe um beijo na face e saltando do carro.

Ele não se preocupou em reservar espaço para o carro dela, como sempre fazia quando chegava primeiro. Estacionou de qualquer jeito. Desligou o motor e tratou de fechar a porta. Apagou a luz, saiu pelos fundos e entrou na cozinha. Não viu Lena, mas sentiu o calor gostoso do forno aceso. Tirou os sapatos, jogou sobre uma cadeira a gabardina e abriu a porta que dava para a sala de jantar. Estacou surpreso. Havia muitos amigos espalhados pelos cantos, a sala empestada de fumaça de cigarro. Ficou sem saber o que fazer. Olhava para cada um e notava um certo ar de constrangimento. Finalmente foi sendo cercado por eles e ainda tentou afastá-los gentilmente:

— Mas, afinal, o que se passa?

Um dos seus colegas de escritório foi dos primeiros a falar:

— Saiba que nós lamentamos por tudo isso.

Claro, eles também tinham sabido do telefonema anônimo. Só então começava a se dar conta da extensão do engano. Deixou-se abraçar pelos amigos que lhe dirigiam palavras de consolo.

— Sim, eu também posso avaliar como vocês se sentem. Na verdade, a coisa me arrasou muito mais do que se possa imaginar. Mas enfim, ninguém está livre de uma coisa dessas.

Seu vizinho médico pediu que ele subisse para o quarto, precisava com urgência trocar aquelas roupas molhadas e tomar algo quente. Havia preparado uma injeção calmante, ele precisava, acima de tudo, dormir muito.

– Não, eu não quero dormir. E já que vocês tiveram a gentileza de virem até aqui para me dar apoio, eu só peço que me aguardem por dois minutos enquanto troco de roupa, desço e ajudo a preparar alguma bebida para todos nós.

Virou-se para dentro e chamou pela empregada. Depois acercou-se da escada, espiou para o alto, retornando intrigado:

– Mas, que diabo, onde se teria metido Lena? Vou pedir a ela que prepare um cafezinho para a gente. Vocês também estão molhados, tirem ali do bar copos e bebidas, antes que a gripe seja geral.

Ninguém se moveu. Estavam todos sérios e consternados. Vinícius puxou uma cadeira e sentou-se. Pediu desculpas, confessou que ainda sentia as pernas um pouco fracas.

– Sabe, acabo de passar por um momento de enlouquecer. Agora eu sei que um homem deve estar sempre preparado para enfrentar certas coisas. Eu em casa, tranqüilo, lendo o meu jornal da tarde, Lena preparando o jantar, as horas passando e de repente aquele telefonema miserável que caiu sobre a minha cabeça como um raio.

– Deixe isso para depois – disse um amigo. – Agora você precisa descansar.

– Estou bem, obrigado. Mas, como eu ia dizendo, ouvi aquela voz ao telefone, saí aqui de casa como um alucinado, andei a oitenta debaixo dessa chuva, asfalto escorregadio como se fosse feito de pasta de sabão, passei sinais fechados, fiz o diabo. Durante todo o trajeto eu tinha a impressão de que o meu coração ia sair pela boca. Então, quando vi aquele aglomerado todo, as luzes da ambulância, os carros de polícia, os curiosos... nem sei como ainda tive a calma necessária para estacionar. Corri para lá, abri caminho a cotoveladas e vocês podem imaginar o que senti ao ver o carro de Helga, sim, para mim, naquele momento, era mesmo o carro de Helga, Passat cor gelo, estofamento claro, bagageiro de alumínio!

— Claro, nós sabemos como você deve ter se sentido naquele momento, Vinícius — disse uma voz familiar. — Você precisa, antes de mais nada, descansar, dormir.

— Senti um pavor pânico — prosseguiu, indiferente ao que os outros diziam — e tive medo de encarar a realidade, de olhar para o asfalto cheio de cacos de vidro e com manchas de sangue, nossa vida em comum passou pela minha cabeça como num sonho, numa explosão de cores e de formas. Assim como uma pessoa que fosse enlouquecer num determinado momento, mesmo sabendo que nada daquilo podia ser realidade e que tudo não passava de uma alucinação.

— Podemos perfeitamente avaliar o que você sentiu e pelo que passou — disse um deles. — E agora vá deitar-se, precisa secar essas roupas, esquecer, dormir. Amanhã você nos conta o resto.

— Que terrível experiência! — disse ele, com a idéia fixa no que testemunhara. — Só peço a Deus que nenhum de vocês passe por momentos iguais aos que passei. É preciso alguém ter um ânimo forte para enfrentar o impacto, a visão da desgraça, quase do inevitável, certo de que sua mulher pode estar ali entre as ferragens do seu carro e de que toda a catástrofe se teria passado enquanto você lia calmamente o seu jornal, aguardando o jantar e o seriado da televisão. Francamente, Deus que poupe vocês de tamanho choque.

Calou-se, ainda cercado pelos amigos, tentou enxergar por cima do ombro deles, perguntou:

– Vocês viram Helga subir?

Um deles passou o braço sobre suas costas, disse mais uma vez que ele precisava descansar, eles subiriam juntos, que a melhor coisa para uma pessoa que passa por um choque desses era dormir. Uma injeção ajudaria muito.

– Não quero injeção, pelo amor de Deus! Então um homem apanha uma chuva qualquer e já precisa de injeções e sedativos?

O amigo segurou firme seu braço, o médico postou-se do outro lado e começaram os três a subir, vagarosamente, vencendo aos poucos a resistência de Vinícius.

– Mas, pelo amor de Deus, eu sei subir sozinho a escada de minha casa. Por favor, desçam enquanto eu espero que Helga acabe de tomar o seu banho.

– Primeiro queremos que você deite e não custa nada deixar que lhe apliquem uma injeção que só pode ajudar. Não é nenhum bicho-de-sete-cabeças.

– Pois muito bem, faço a vontade de vocês, mas agora desçam e me esperem lá embaixo, Lena deve estar nos fundos da casa, digam a ela que prepare um café bem forte para todos nós. Se Helga estiver melhor, ela desce comigo.

O quarto parecia quente demais, Vinícius livrou-se das mãos dos amigos, dirigiu-se para o banheiro vazio, abriu a porta do quarto de vestir e retornou com ar incrédulo.

Uma noite de chuva 69

– Mas Helga devia estar no banho.

– Devia – disse o amigo –, mas acho que resolveu deixar o seu banho para logo mais. Deixe isso com a gente, nós tomamos conta de tudo.

– Claro, eu sei – disse Vinícius, um pouco irritado com a insistência deles. – E já que você quer, pronto, dê a sua milagrosa injeção contra resfriados.

Arregaçou a manga da camisa e ofereceu o braço nu. Meio contra a sua vontade foi levado para a cama, deitou-se e o médico lhe aplicou a injeção que já trouxera preparada.

– Por favor, me chamem Helga por um momento, preciso falar com ela.

– Helga já vem, não demora nada – disse um deles, estendendo sobre o corpo do amigo um grosso cobertor.

– Mas eu vou suar feito um mouro com este cobertor por cima de mim. Vejam um mais leve, tem ali dentro do guarda-roupa, na porta da direita.

Sentia-se vagamente tonto e as vozes dos amigos pareciam afastar-se aos poucos, enquanto o teto subia e descia, a cama rodava como se flutuasse no espaço, as luzes do candelabro ora cintilavam como numa explosão, ora sumiam e se tornavam simples luzes de vela.

– Por favor, estou caindo de sono, mas me chamem Helga que eu preciso falar com ela.

O médico mantinha o pulso de Vinícius preso entre seus dedos, enquanto controlava o relógio. Fez um sinal de cabeça para o outro amigo:

– Ele já está praticamente dormindo.

Vinícius ainda conseguiu articular algumas palavras pastosas:

– Chamem Helga, preciso de Helga...

Minutos depois, quando desceram, foram cercados pelos demais. O médico abanou a cabeça e pediu silêncio.

– Ele está dormindo e deve ficar assim até amanhã de manhã. Minha mulher, minha filha e eu vamos passar a noite aqui com ele. A empregada também só deve acordar amanhã. Acho que vocês devem ir para as suas casas.

– Gostaria que um de vocês me acompanhasse até a polícia – disse um outro. – Precisamos liberar o corpo de Helga e cuidar dos preparativos do enterro que deverá ser feito ainda de manhã.

– Pobre do Vinícius – disse outro. – Ele estava completamente fora de si.

– Coitada de Helga – disse alguém, quando se retirava. – Ela ficou irreconhecível!

O CAVALO CEGO

"Bastião, pode montar,
Firme-se bem nos estribos,
Passe as mãos nas minhas crinas
Que vamos partir, partir..."

Joaquim Cardozo

Conheci o caudilho precisamente no dia 14 de agosto de 1945, quando Getúlio dizia (e mandava dizer para todo o mundo) que o Estado Novo estava no fim e que as eleições seriam mesmo realizadas no dia 2 de dezembro daquele ano. O caudilho era homem de idade indefinida e não se importava muito com as coisas que estavam acontecendo naquele ano, pois vivia mergulhado num passado distante, no qual o próprio Getúlio devia ter os seus quinze anos, alistado como soldado raso no final dos entreveros entre brasileiros e platinos. Clarimundo Vasconcelos, agora ao pé do fogão, tentando aquecer as mãos ancilosadas, falava embevecido nos chimangos e maragatos, republicanos e federalistas, até nos pica-paus.

– Getúlio tinha quinze anos, seu moço, veja bem, quinze anos. Menino desta idade, hoje em dia, que é mesmo que anda fazendo por aí?

Cuia na mão, palheiro entre os dedos, cuspia encorpado nas lajes do chão. Voltava sempre ao passado entre o roncar da bomba no fundo da cuia sem água e a espuma verde de um novo mate. Disse que se chamava Clarimundo porque seu pai costumava dizer que Clarimundo caía como uma luva sobre o nome de Vasconcelos, já adivinhando para o filho a tradição de caudilho da família, desde o início do século passado. O pai também dizia que um nome assim bem comprido servia para confundir os inimigos e atrasar os atos de guerra.

– Era para quando a gente topasse com um inimigo sem perdão. Já imaginou a gente assim, frente a frente, na obrigação de prevenir com honra o ato de vingança? O outro tinha que dizer: vais morrer, Clarimundo Vasconcelos...

Riu com as gengivas murchas. Disse que quando o outro chegasse no *mun* de Clarimundo, a capangada atenta já teria perfurado o atrevido que virava peneira na hora; e depois, emborcado no chão, com a boca enfiada na terra, ele podia com muita tranqüilidade, sem nenhum rancor, sacar de seu 44 para o tiro de misericórdia que todo valente merece. Os primeiros que chegassem ainda teriam tempo de sobra para ver a sua arma fumegante e o defunto estendido a seus pés, olhos arregalados e de revólver em punho, para provar que não tinha sido morto à traição, mas na luta.

Agora ele estava ali, aproveitando o calor das brasas e tratando de aquecer a mão escalavrada, segurando a cuia de porongo bordado a ouro e prata. Confidenciou: não acreditava que Getúlio fosse entregar assim de mão beijada o governo para o Dutra ou para o Brigadeiro. Para este, então, nem era bom falar, que não se entrega governo para inimigo.

A filha mais velha, a sobrevivente – viúva desde a Revolução de 30 –, lidava com o pai como quem cuida de uma criança de peito, trocando os mijados e sacando os grãos das espigas de milho verde. Então ele ficava chupando o caldinho que escorria pela barba rala. Eu queria saber se ele apoiava no município o movimento queremista: sabe, coronel, o negócio é o Getúlio continuar, nem o Brigadeiro serve para a gente, nem o Dutra, que são vinhos da mesma pipa. O velho chupava forte o mate e não dizia nada. Esperou um pouco, cuspiu e disse:

– Mas tem a Constituinte.

– E o senhor acredita nisso?

Sacudiu a cabeça como a dizer que não acreditava, nem deixava de acreditar. Os tempos haviam mudado muito desde aqueles dias de 1938. Apontou para os olhos de pouca luz, para comentar que a catarata não o deixava sequer ler uma coluna de jornal, e que sendo assim não devia comprar a briga dos outros.

– O senhor não dispõe de tropas? – ele quis saber.

– Que nada, coronel, a briga hoje em dia é diferente. Operário na rua, estudante com faixas, donas-de-casa a protestar e a gritar: queremos Getúlio, queremos Getúlio! E levamos tudo de roldão, fique sabendo.

– É, os tempos, pelo visto, mudaram muito – comentou, olhando de esguelha.

– Podemos contar com o senhor?

– Pois estou para lhe dizer que não devem contar. Briga de mulher na rua, de meninos e de meninas em gritaria, não. Prefiro ficar por aqui mesmo, neste território de quatro paredes e de santas recordações. Se algum dia o Getúlio perguntar por mim, assim por

O cavalo cego

distração, diga que eu quero ele também, mas que tenha a paciência de compreender que vou ficar por aqui, calado, aproveitando os meus quentinhos, que não ando bom da cabeça, não vejo quase nada, tenho as juntas endurecidas. Diga isso ao homem, ele é bom entendedor.

Recusei um mate, alegando que estava atacado de aftas. Ele me aconselhou a que usasse bicarbonato de sódio, que fazia as ulcerações desaparecerem como tiradas com a mão. Pensei que seria perda de tempo querer conquistar o velho para o nosso lado e deixei o assunto para um outro dia qualquer. Prometi passar outra vez, não queria dar um prazo, mas apearia por ali para um chimarrão dos bons tempos, entre causos e histórias verídicas.

– Que histórias? – quis ele saber, repentinamente interessado.

– O senhor sabe, são tantas as histórias que a gente ouve por aí, na casa de um e na casa de outro, a maioria delas inventadas por quem não tem mais o que fazer.

– Pois olhe – disse ele, descansando a cuia numa tigela sobre a mesa –, nem sei por onde o senhor tem andado nem sei quem são os seus contadores das tais histórias que até bem podem ser deslavadas mentiras. Mas fique certo de uma coisa, aqui da minha boca o senhor nunca vai ouvir nada que não seja obra da mais pura verdade.

– Eu sei disso, coronel – tentei amenizar –, tanto assim que prometo passar por aqui ainda na próxima semana.

Ele coçou a cabeça, pensativo, perguntou que horas eram e eu disse que a noite não demorava nada a chegar. Mais precisamente, eram sete e meia. Na época de inverno as noites chegavam mais cedo.

– Vai se encontrar com alguém muito importante?

– Ora, o senhor sabe, nestes tempos de regime cai não cai, vem eleição ou não vem, pode-se abrir a boca ou vem cadeia, todos os encontros têm importância. Uma lástima que o senhor não queira...

– Não adianta bater na mesma tecla, meu filho, diga ao Getúlio que o seu amigo aqui não presta para mais nada, que está quase cego e ainda por cima está com as pernas fracas.

– Veja, o senhor então me dita uma proclamação e não se fala mais.

– Proclamação, não, que não sou homem de falatórios, nem sei mesmo emendar uma frase na outra.

– Ora bem, temos outra solução: eu escrevo e o senhor assina.

– Se o senhor viesse aqui na minha casa dizer isso que acaba de dizer, naquele tempo em que eu ainda não era tido como um homem bem-educado, fique sabendo que a gente ia logo lá para fora tirar a diferença na bala, ou de qualquer outra maneira que o senhor escolhesse.

– Mas o que é isso, coronel – tentei amenizar –, eu só estava dizendo que podia ajudar o amigo.

– Obrigado, mas dispenso ajuda. Fique sabendo que ajuda agora só da Orozolina e de Deus lá no céu, se é mesmo que existe.

Tornou a remexer na erva da cuia com a bomba de prata e disse:

– O senhor, se não me falha a memória, ainda crê em Deus.

O cavalo cego

— Creio em Deus, sim senhor — respondi.

— Pois eu às vezes fico na dúvida. Ora eu creio muito, ora eu não creio nada. Já a minha filha diz que é pecado não acreditar em Deus. Ela lá deve ter as suas razões, seus motivos, que eu respeito.

— É provável, sim, que ela tenha razão.

Tentei aproveitar a breve pausa em que ele tentava chupar o mate meio entupido, mas ele fez um sinal enérgico com a mão:

— Sente-se aí, homem, que diabo de pressa é essa?

Retornei à cadeira, meio agastado com a insistência dele. A filha andava ao redor do fogão mexendo em panelas e chaleiras, setenta anos bem vividos, que o pai passara dos noventa, havia muito. Era magra e tinha berrugas pelo rosto descarnado e pelas costas das mãos, de veias esticadas como cordas. Fungava sempre, nunca recorrendo ao lenço, pois era um fungar seco de cacoete.

— Minha filha, prepara uma comida para nós três. Tem carne aí no armário, mandioca fresca, feijão deve ter sobrado do meio-dia e não adianta o senhor dizer que não pode, que tem compromisso. Vai sentar com a gente ao redor desta mesa, não gosto que ninguém saia da minha casa com o mesmo cuspe.

— Escute uma coisa, coronel...

— Não escuto, se me dá licença. Orozolina, bota a mesa para três.

Eu ainda precisava telegrafar para Alegrete, Passo Fundo, Bagé e outros lugares. Não era segredo nenhum que os militares estavam preparando um golpe contra Getúlio e lá se ia o queremismo por águas abaixo. E sabe Deus o que viria depois. Mas não descobria um jeito. A filha saiu da cozinha e logo depois voltava carregando um lampião de chama forte, iluminando as paredes afumadas. O velho curvou-se na minha direção e segredou com ar moleque:

– Um aperitivo vinha bem na hora, hein?

– Obrigado, não se incomode.

– Que nada – disse, fazendo sinais para a filha –, vê aí, Orozolina, dois copos daquela cachaça de Santo Antônio, da azulada.

Logo depois ela trazia dois copos de cachaça perolada. Fiquei com medo de que ele fosse me obrigar a beber tudo aquilo, antes da comida. O homem pareceu adivinhar meus pensamentos:

– Não precisa beber tudo, deixe isso para mim que estou acostumado. Mas dê uma beliscada, quero a sua opinião.

Era de fato perfumada, mas logo que o primeiro gole se espalhou pela língua, senti um calor forte como se tivesse despejado na boca uma pá de brasas. Tossi constrangido, pedi desculpas e elogiei a cachaça, dizendo que era mesmo das boas, mas muito forte.

– Isso, das boas, mas muito forte. Aliás, é o que sempre digo para aqueles que passam por aqui para contar histórias.

– É uma pena que eu não saiba de nenhuma história para contar – desculpei-me, procurando fugir de longas horas de conversa.

– Ora, aí está, o senhor não sabe histórias, mas aposto um contra quinhentos como vai ouvir uma história minha de deixar os seus cabelos em pé.

– Não duvido, coronel.

Eu já estava conformado em ficar na casa dele até altas horas. Não via maneira de imaginar outras desculpas. Meu carro ficara do lado de fora da porteira, distante uns quarenta metros da velha casa colonial que tinha um pátio espanhol, com parreiras e limoeiros. Assim, era comer devagar e ouvir.

Pediu à filha que botasse mais lenha no fogão e tornasse a encher a chaleira, o que ela fez como uma autômata, sem abrir a boca sequer para suspirar, como costumam fazer as pessoas de muita idade.

– Não é do seu tempo, mas fique sabendo que sou amigo de Getúlio desde 1909, quando ele foi eleito para a Assembléia dos Representantes, com vinte e seis anos. Sabe lá o que é ser eleito, naquele tempo, com essa idade? E nem fizera quarenta e três e já era ministro do Washington Luís e logo veio a Revolução de 30 e marchamos juntos. Eu a não aceitar nenhum favor, cheguei a dizer a ele: Getúlio, não quero promoções, divisas nem galões, a não ser por merecimento de guerra, com citação em boletim. Mas o diabo é que fui ferido, não cheguei a amarrar o cavalo no Obelisco da Avenida Rio Branco, peguei uma pneumonia que quase me levou desta para a outra vida.

– E pneumonia, naquele tempo, era coisa séria – disse eu, desinteressado e já com um pouco de fome, pelo cheiro de carne assada que vinha do fogão.

– Não morri graças a um médico amigo do Dr. Osvaldo Aranha, o Dr. Heraclides do Vale, meio aparentado dos Freitas Vale. E sabe como era: sinapismos, ventosas, xaropes, inalações, o diabo. Quando levantei a cabeça do travesseiro o raio da revolução tinha acabado e só me restou voltar aos penates, tratar das minhas coisas e recusar não sei quantos convites de Getúlio para embarcar num Ita e ir morar lá no Rio. Ele me queria nem sei bem para que, pouco letrado que sempre fui.

A filha serviu o jantar na mesa grande da cozinha, com mais um lampião dependurado na trave do teto. Eu não sabia que horas eram e tinha medo de consultar o relógio e ser recriminado por ele, que enxergava pouco – mas vivia muito atento e desconfiado. Mandou que eu me servisse, puxou para seu prato um bom pedaço de mandioca, provou-a e disse:

– Parece uma manteiga de tão macia. Orozolina prepara mandioca tão bem como a mãe dela, que Deus a tenha na Santa Paz do Senhor, e ainda por cima despeja esse molhinho de torresmo que chega a parecer um manjar de chefe de Estado.

– É verdade, coronel, nunca tinha comido coisa igual na minha vida.

Eu não queria puxar muita conversa, tinha esperança de comer a sobremesa que já estava ali na nossa frente – doce de abóbora em pedaços, na calda, daqueles que são curtidos em cal virgem – e logo pedir licença para ir embora, alegando cansaço, talvez mentindo que na manhã do dia seguinte eu precisava viajar cedo para Porto Alegre, ou dizer que o golpe estava mais perto do que se pensava. Sim, era isto, o golpe estava iminente, eis um bom motivo para o coronel abrir mão de sua longa história de guerras e escaramuças, degolas e vinganças, valentias e terrores. Ele não falava, preocupado que estava em moer, com as gengivas calcificadas, a mandioca macia. Sempre que engolia um bocado, bebia um gole d'água e suspirava como se estivesse cansado. Quando apontei com a ponta da faca para a carne suculenta, ele fez um gesto de enfado:

– Já se foi o tempo em que eu comia costela assada nas brasas, partindo a carne com os dentes.

Mas eram outros tempos, meu filho, eram outros tempos. Faça bom proveito, a carne é toda sua.

Depois misturou feijão na mandioca, fez um pirão com a ponta do garfo e continuou mastigando, com ar de quem pensava também em alguma coisa distante ou muito esquecida pelo tempo. Quando conseguiu engolir outra porção, levantou o dedo e disse como se fosse uma sentença:

– Quando o Dr. Borges adoeceu, em 1915, assumiu em seu lugar o Vice-Presidente, o General Salvador Pinheiro Machado. Eu mesmo fui com um Regimento da Brigada Militar para a fronteira sul, havia boatos de rebelião, o homem forte na cama e logo quando chegava aqui a notícia do assassinato do Senador Pinheiro Machado.

– Devia ter sido um momento terrível – eu disse.

– Terrível? Reforce bem esse terrível, meu filho, o Estado dava a impressão de entrar numa outra convulsão revolucionária. Aliás – disse ele, passando a manga do casaco nos bigodes sujos de mandioca –, desde que me conheço por gente que vivo sempre nesse entrevero. Até me acostumei.

– Só imagino, coronel. Mas o Dr. Borges de Medeiros reassumiu...

– Claro que reassumiu, era um homem de sete fôlegos, como os gatos. Magrinho, miudinho, frágil como uma xícara de porcelana, mas só vendo como se transformava!

– Conheço bem a história dele.

– Conhece nada. Fique sabendo que não conhece nada. O senhor fica aí lendo livros de História, querendo saber as coisas nas bibliotecas e saiba que é lá justamente que nada acontece. Eu vivi todo esse tempo, meu prezado amigo. Não estou dizendo por ouvir dizer nem por ter lido num livro cheio de traças.

– Bem que o senhor pode ter razão.

– Mas é claro que eu tenho razão, fique certo disso. Eu fui de um tempo – disse ele, brandindo o garfo, como uma espada – em que se apostava em mil-réis e do tempo em que se apostava em cruzeiros. Um dia eu disse ao Getúlio, ele era Presidente do Estado, que as coisas não podiam dar certo na República. E sabe o que ele me disse? que estava muito tranqüilo e sabia bem como as coisas aconteciam.

Fez uma pausa para saber se a filha andava por perto, e confidenciou:

– E ele sabia mesmo, meu caro. A História está aí para provar o que estou dizendo, neste mês de agosto de 1945. Anote aí no seu caderninho, um dia pode precisar dele. E agora – disse, afastando o prato de sua frente – vamos provar um pouco deste doce de abóbora que a minha filha conseguiu fazer tão bem.

Retornamos para a beira do fogo, que no resto da cozinha estava muito frio. Bebemos uma xícara de café preto, enquanto eu me preparava para a desculpa estudada que me permitiria sair. A noite estava gelada, e se chovesse o meu carro não conseguiria sair daquelas grotas, nem com correntes nas quatro rodas. Cheguei a comentar:

– Que noite, coronel, para um homem andar longe de casa, metido nessas estradas que nem carro de boi consegue passar depois de qualquer chuvinha.

– Pois se tranqüilize, meu caro, não terá chuvas nestes próximos quatro ou cinco dias. Até lá o senhor já pode estar em Porto Alegre ou, quem sabe, no Rio de Janeiro. Pode ser até que o seu queremismo deixe o

Getúlio uns dez anos mais na Presidência da República. Saúde para isso, ele tem. Isso é coisa que eu posso garantir, porque conheço o homem de perto.

— Lá isso ele tem — concordei, sem muita convicção.

Ele enrolou cuidadosamente o seu cigarro de palha, acendeu-o na brasa de um tição e deu uma tragada comprida para soltar logo depois uma baforada de fumaça esbranquiçada. Lá fora o vento aumentava e se ouvia o barulho forte dos galhos das árvores mais próximas, sacudidos com violência.

— Não se preocupe — disse ele, percebendo a minha ansiedade —, é vento e nada mais. E depois está aí de automóvel fechado, vidro em todas as janelas, poltronas estofadas. Imagine só se andasse a cavalo numa noite destas.

— Mas também tem as suas desvantagens.

— Como tudo na vida, diga-se de passagem.

A filha retirou os pratos da mesa, trocou de toalha, apagou o lampião maior e deu um boa-noite tão silencioso que se não fosse a resposta do velho eu nem teria percebido:

— Boa noite, minha filha, durma com Deus e não esqueça de pedir nas suas orações paz para os mortos.

Bateu com a mão no meu joelho, logo que ela sumiu, e disse que a filha e ele só rezavam pelos seus próprios mortos. Uma coisa que aprendera com os caudilhos Honório Lemes e Zeca Neto.

— Gente de outra estirpe, meu caro, fique sabendo. Honório Lemes, o Leão do Caverá, morreu nos meus braços e foi enterrado em Rosário, com banda de música tocando a marcha fúnebre, velado no salão nobre da Prefeitura, respeitado até mesmo por seus mais ferrenhos inimigos.

– Tempos do Flores da Cunha, do Osvaldo Aranha – ajuntei.

– Não senhor, eles eram do outro lado e se tornaram heróis só porque ganharam. É sempre assim, quem ganha uma revolução é quem fica de dono da razão. Ou estou mentindo?

– Muito pelo contrário, coronel. Isto é o que se pode chamar de verdade cristalina.

Clarimundo Vasconcelos cruzou os braços sobre o peito ossudo, meneou a cabeça repetidas vezes e confessou que estava enxergando cada vez menos e que a única coisa de que ele realmente sentia medo era a de ficar cego e não mais conseguir saber se era dia ou se era noite, medo de não saber distinguir entre um pau de lenha e um carvão apagado.

– A verdade é que eu não tenho muito mais coisas para ver com esta idade, mas, que diabo, um homem precisa enxergar o mundo em que vive, pelo menos para saber de que banda está o inimigo.

– Ora, coronel, o senhor não tem mais inimigos – disse eu.

– Se diz isso para me agradar, saiba que está me ofendendo. Quando um homem não tem mais inimigos é porque está chegando ao fim. Isto me foi dito pelo bravo Coronel Filipe Portinho, que comandou suas tropas contra a posse do Dr. Borges de Medeiros.

– Na Revolução de 23.

– Nessa mesma, acertou – disse ele, procurando a cuia e a chaleira.

Estavam sobre uma pequena mesa, ao lado do fogão. Eu disse que ele poderia ficar onde estava, eu encheria a chaleira e renovaria o mate. O coronel ainda quis chamar a filha. Eu aleguei que seria uma maldade, a pobre já devia estar dormindo e não me custaria nada preparar um mate.

— Pois saiba, coronel, que também me deu vontade de tomar um mate com o amigo.

— Muito bem, acho que assim a gente se entende. A pobre da Orozolina levanta muito cedo, noite ainda, e só pára de trabalhar na hora de deitar, às vezes quase meia-noite. Nestes costumes saiu à mãe.

Descobri a lata de erva, remexi nas brasas, ativei o fogo e coloquei a chaleira de ferro bem no meio da chapa encardida.

— O senhor, pelo visto, dorme tarde — eu disse.

— Tarde e pouco. Passo o dia todo juntando pedacinhos de cochilo aqui e ali e depois nem preciso mais deitar a cabeça num travesseiro. Gente velha, depois de certa idade, não precisa mais de sono.

— Não diga uma coisa dessas — protestei. — Sono é alimento.

— Isso dizem os ricos para que os pobres calem a boca. E veja bem, em todas essas revoluções em que gastei quase a minha vida inteira, os que tinham divisas nos braços e galões nos ombros comiam a parte melhor das vacas carneadas e o que sobrava era atirado aos soldados como quem dá polenta com osso para a cachorrada. E assim mesmo, anote aí, quando sobrava alguma coisa. E nem sempre sobrava.

— É o destino.

— Destino coisa nenhuma, é maldade dos homens, é egoísmo, meu filho. Eu tenho pelo menos duas vezes a sua idade e sei das coisas.

Um cavalo relinchou forte pelas redondezas. Notei que o coronel também ouvira muito bem, mexendo-se na cadeira.

– Será que é algum estranho chegando a estas horas, coronel?

Ele sacudiu a cabeça dizendo que não. Através das pesadas cortinas da catarata ele arregalou os olhos e tentou perscrutar o ar, cheirando algo:

– Deve ser um dos meus cavalos, soltos por aí. Não gosto de trazer cavalo preso em potreiro. Cavalo é como gente, quer liberdade.

Eu disse que podia ser susto de gambá ou de raposa, mão-pelada e até mesmo, quem sabe, um puma desgarrado de sua toca. Ele parecia não me ouvir. O silêncio lá fora continuava esmagador. O cavalo não relinchou mais. Botei a mão na chaleira e disse que a água começava a ficar esperta e comecei a preparar a erva na cuia, enquanto observava o coronel, que parecia distante. Derramei um pouco d'água morna para inchar a erva, procurei escutar alguma coisa que não se ouvia e que parecia estar sendo notada pelo velho. Por fim, tapei com o polegar o bocal e cravei a bomba na erva, enchendo o primeiro mate e chupando a água amarga e fria, que foi logo cuspida numa velha pia de ferro esmaltado. Enchi o segundo e passei para suas mãos.

– Alguma coisa, coronel?

– Não, coisa nenhuma, mas tenho um cavalo que está muito velho e de vez em quando desaparece por aí. De noite ele retorna, o matreiro, decerto com medo de ser montado. Anda ao redor aqui da casa, escarva o chão com preguiça, relincha como que assustado por almas do outro mundo e assim que o dia se anuncia no horizonte, lá se vai ele. E não me pergunte para onde.

Ficou tomando o mate em silêncio, devolveu a cuia que se encaixava na mão em forma de garra, e disse:

— Este cavalo deve ter mais de trinta anos.

— Não pode ser, coronel. Um cavalo não pode durar tanto assim.

— Pois faça as contas nos dedos, se não acredita. Ele ficou comigo lá pelos idos de 1914. Não que eu tivesse comprado, nem recebido de presente. Ele me seguiu por mais de cinco léguas. Desaparecia de dia, surgia de noite. E para falar a verdade, se o senhor me perguntar não sei dizer a cor do pêlo dele, se tem uma, duas ou três, se é baio ou rato, se é negro, alazão ou branco. Só posso garantir que foi um temível garanhão, pastor para um potreiro de éguas. E ainda hoje, vem e vai, ouço a voz dele muito raramente e se não morro logo, talvez esse animal desapareça para sempre.

— É estranho, um cavalo de trinta anos, noturno...

— Pois é assim como estou lhe dizendo.

Ficou calado e me passou a cuia. Eu sentia que a sua atenção estava voltada para o campo ao redor da casa e que o silêncio da noite lhe era penoso. Olhei o relógio ostensivamente. Ele me fez um sinal com a mão direita, pedindo para que eu ficasse onde estava.

— Amanhã o dia vai ser muito grande, coronel.

— Do tamanho de todos os outros dias, se me dá licença, nem um minuto a mais, nem um minuto a menos. Agora eu preciso lhe contar uma coisa que nem a minha filha sabe, uma coisa que eu nunca contei para a minha mulher, para ninguém.

— O senhor não está cansado? – eu disse, procurando um jeito de sair.

Pareceu não ter escutado a pergunta, tão absorto estava. Pediu que eu lhe enchesse a cuia, sorveu alguns goles pequenos e olhou para mim como se tivesse nas órbitas apenas dois pontos sem luz:

— Eu tinha um compadre que morava nas proximidades de Capão Bonito. Lembra-se desse capão? Foi nele que em 23 chimangos e maragatos travaram uma memorável batalha. Coronel Juvêncio, Coronel Massot, Coronel Claudino, Artur Caetano, Mena Barreto e tantos outros. Este meu compadre, Coronel Leodegário Batista, era dono da maior fazenda de toda aquela redondeza, o maior criador de gado, cavalos de raça, mais de cinco mil cabeças de ovelha, tinha mulher e seis filhos, o menor com cinco anos e o mais velho com dezoito. Ele era padrinho da minha filha Ernestina que morreu em 18, de gripe espanhola. Disso o senhor deve estar lembrado.

— Sim, foi uma coisa terrível.

— Pois eu sempre ia até a casa do compadre na data do seu aniversário, e lá ficava churrasqueando e mateando por dois ou três dias, sem prazo, e era uma briga de foice sempre que eu anunciava o fim da visita. Ele não se conformava. Por ele e pela família, eu terminaria morando lá, varando noites e noites a contar histórias, as bravuras de 93, as maldades e tudo o mais.

— Ia com a família?

— Quase sempre. Desta vez, não. E aí é que está. Mulher de cama, filhos comprometidos com outras obrigações, ladrão de gado infestando a redondeza, e foi quando eu resolvi visitar o compadre levando o meu capataz, o Osvino, e seu ajudante, um negro de quase dois metros de altura, o Chico.

Fez a bomba roncar várias vezes e tornou a derramar água quente na cuia. Ouvimos, os dois, um outro ruído lá fora e ele de novo atento. Perguntei se ele não tinha cachorros.

— Não tenho. Costumam latir muito de noite e não iam deixar a minha filha dormir.

— Mas continue – pedi, ansioso para abreviar o tempo.

— Pois nos tocamos para o Capão Bonito com a idéia de chegar lá antes do cair da noite. Sabe como é, o tempo necessário para carnear uma ovelha gorda e preparar um churrasco de galpão, como ele sempre fazia. Mas entra e sai de campo, abre e fecha porteira, de vez em quando uma galopada descontraída para abater um gavião por pura maldade. Resultado: chegamos na casa da estância noite escura. Estranhei logo. Primeiro, porque não se via luz nenhuma. Depois, porque nenhum cachorro veio nos receber na porteira. E olhe que eles tinham mais de vinte, entre perdigueiros e ovelheiros. E mais preocupado fiquei quando entramos na casa, portas e janelas abertas de par em par, tudo revirado, e justo naquele momento o Osvino gritou lá de fora que tinha encontrado dois cachorros estripados, junto a uma cacimba.

Parou para dar mais alguns chupões na bomba, parecia calmo, um certo ar de quem estava vendo aquilo que descrevia.

— Pois, seu moço, encontramos logo a seguir mais cachorros estripados, vários degolados e alguns cavalos mortos a tiros. Um deles, alazão de crinas longas, uma pintura de animal. Mandei buscar um lampião da casa e o negro Chico trouxe três. Acendemos todos e cada um começou a abrir caminho pelos arredores, eu gritava daqui: mais dois cães; outro gritava de lá: uma vaquinha e a sua cria; e mais além o capataz deu um grito que eu até hoje não sei se foi de medo, de horror ou de ódio. O fato é que ele encontrara o corpo do meu compadre, caído ao lado de uma pilha de lenha de eucalipto, degolado, e sobre ele a minha comadre, sangrada na jugular, como se faz com os porcos e com as ovelhas.

– Mas foi uma chacina – exclamei, espantado com o relato.

– Isso mesmo. Depois os corpos dos filhos, um a um, num espetáculo que me gelava o sangue nas veias. O mais velho deles, o Inocêncio, dependurado pelo cós das bombachas num gancho de porteira, na saída para os fundos da casa.

– E ninguém por perto?

– Só os mortos, a noite muda e nós três.

– E o senhor acha que foi para roubar?

– Vingança. Tão certo estou como dois e dois são quatro. Sabe, nem tive tempo para uma lágrima. Tratei de comandar os dois homens para começar a cavar as sepulturas naquela noite mesmo, não adiantava nada esperar pelo raiar do dia e a fazenda mais perto dali distava umas vinte léguas folgadas. Depois, eu não queria delegado de polícia metido naquilo, era trabalho só para mim. Jurei naquela noite encontrar os bandidos e fazer a minha justiça.

Passou a cuia para as minhas mãos e prosseguiu, aparentando indiferença, mas na verdade emocionado por aquelas lembranças:

– Parecia um daqueles desperdícios de gente na Revolução de 93, quando eu ainda tinha todos os meus dentes e podia atender mulher de légua em légua e não me importava com o trote do cavalo por dois ou três dias de marcha batida. Sabe como são os moços, e os de antigamente eram ainda mais dispostos.

Esperou que eu tornasse a encher a cuia, coçou a virilha queimada pela uréia guardada pelos baixios, e continuou a história que me revoltava o estômago:

— Eu sabia que tudo não passava de ódio entre maragatos e chimangos, coisa comum naqueles tempos, mas não compreendia nem fazia questão de compreender um ódio assim que atingia a mulher e os filhos, os bichos de pena e de pêlo, sim, porque os passarinhos de gaiola tinham sido estripados. Os retratos da sala e do quarto tinham sido furados a faca e os furos escolhiam os olhos, num maldito requinte que jamais eu soube explicar, nem hoje encontro explicação.

Eu preferi ficar calado. Procurava não imaginar as cenas que ele descrevia com detalhes. Também não encontrava nada para dizer. Ele só fazia pausas para chupar o mate e prosseguia como numa catarse:

— Assis Brasil de um lado, Borges de Medeiros de outro. Inclua aí nesta história o Flores da Cunha, Raul Pilla, Batista Luzardo, pai, General Firmino, Paim Filho, sei lá, o ódio campeava solto e às vezes a gente nem sabia por quê. Se não estou enganado, o próprio Valzumiro Dutra andava numas e outras, já que era tido e havido como professor de cirurgia de pescoço. Fique sabendo, naquela noite senti um ódio tão grande, mas tão grande, que chegava a me doer no peito como uma faca cravada entre as costelas. Eu nem deixava que os meus homens me olhassem nos olhos para que não pensassem que aquelas lágrimas eram sinal de fraqueza, não de puro ódio. Veja como certos acontecimentos transformam um homem, eu que sempre fui pacato e só entrava em briga se provocado. Decidi que a partir daquela noite ia dedicar toda a minha vida em busca dos assassinos, mas não pensava em matar assim de chofre, um tiro no meio da testa, nada disso. Eu remoía coisa distinta, mortes com requintes do demo, primeiro uma orelha, depois outra, a ponta do nariz, metade da língua para que o desgraçado não falasse nada; os dedos das mãos, depois os dedos dos pés, as bolas, o couro cabeludo, tudo assim com tempo de sarar um ferimento para logo depois abrir outro. Corpo exposto ao tempo, chovesse ou fizesse sol, coberto pelas moscas varejeiras, mutucas e formigas passeando pelo branco dos olhos.

– Que horror, coronel!

– Assim friamente, depois de tantos anos, é até capaz que o amigo tenha as suas razões de me julgar mal. Mas naquela época, em cima dos acontecimentos, duvido que um homem de verdade tivesse outro pensamento, outra idéia. Fique sabendo, devia ser mesmo uma vingança assim, aos pedacinhos, cortando e cobrindo o ferimento com remédio para que a morte custasse muito a chegar. Me lembro até que botei na cintura um alicate que achei no galpão, era para arrancar dente por dente dos bandidos. Deus lá em cima sabia dos meus pensamentos e, se não aprovava, pelo menos entendia, já que ele é Deus.

– E afinal, achou os homens?

– Não se apresse. Escute aí, tomando o seu mate. Pois ainda ficamos boa parte da manhã cuidando das coisas, fechamos bem a casa, todas as portas e janelas, e só depois de analisar cada chance de fuga foi que tomamos o rumo sul, direção da fronteira, que devia ser o caminho escolhido pelo bando. Eu fazia as contas: ainda tinha cinco cargas completas de bala na guaiaca, cada um dos meus homens tinha outro tanto, levamos nos arreios todas as armas que encontramos na casa, pois o compadre chegava a ter coleção, e largamos remoendo o nosso ódio, enquanto se comia o pó da estrada. Quando a noite nos encontrou num atalho de campo, preveni os outros dois para redobrarem de cuidados. A gente era bem capaz de tropeçar nos bandidos e nenhum de nós sabia quantos eram. Recomendei uma tática especial para a noite: ao primeiro vislumbre de luz de fogueira, a gente devia apear, prender os cavalos numa touceira qualquer e prosseguir de rasto até as proximidades de qualquer agrupamento. Além daqueles que estivessem ao redor do fogo, era sempre bom contar com outros que podiam andar pelos arredores, ou cuidando dos cavalos, ou fazendo as suas necessidades. Se fossem os bandidos, até sentinelas podiam ter, já que tinham crimes por pagar. Bandido que tem consciência pesada trata logo de andar com segurança especial e cercado de olheiros espertos. Primeiro, se roubariam as armas, e depois que o último deles ferrasse no sono sobre os arreios eu não queria morte nenhuma, queria, isso sim, todos vivos e bem amarrados. Para mim ficava reservado o chefe, pois eu queria executar nele toda a minha vingança e finalmente, depois do sacrifício, eu queria trazer comigo os troféus da justiça de Deus, o chapéu dele, os seus arreios, as armas, quem sabe o lenço de pescoço, uma aliança de casamento, se encontrasse alguma num dedo cortado, o par de botas onde eu mandaria gravar a fogo a data e a hora em que o maldito tivesse sido agarrado.

– Meus parabéns, uma vingança com todos os requintes – consegui dizer, estômago embrulhado.

– Nem podia ser de outra maneira. Eu queria que o senhor estivesse no meu lugar. E veja que eu não queria esconder a vingança, e se a justiça quisesse me punir pelo que havia feito, eu pouco estava ligando. Justiça era a minha própria. Eu mesmo ia trazer as provas e mostrar para o delegado, para o Juiz de Direito, para o padre, o sacristão, o diretor do centro espírita da minha cidade e até mesmo para a minha mulher, de modo que ela ficasse sabendo de que era feito o homem com quem ela repartia a sua cama.

– Então...

– O diabo é que a noite ia alta e nada de ninguém. Nem sinal de fogueira, nem relincho, nem cantoria de espora.

Preparou mais um cigarro e o acendeu na boca do lampião, sem ligar para o calor que lhe crestava o bigode ralo. Espiou para dentro, disse que não queria que a filha ouvisse aquela história com todos os detalhes, já que o principal era de seu conhecimento. Deu duas ou três tragadas fundas, e prosseguiu sereno:

– Eu acho que a noite ia pela metade, sem lua e sem estrelas, enquanto se deixava os cavalos andarem guiados pela sua inteligência e pelo sexto sentido do escuro, evitando buracos e cercas, desviando de árvores e de sangas. Foi quando ouvimos muito bem o relinchar de um cavalo. Aquilo me atravessou os ossos e estacamos ao mesmo tempo, como se a gente tivesse obedecido a uma voz de comando. Apeamos em silêncio e cada um tratou de ver se divisava a luz de uma fogueira qualquer, onde andava aquele cavalo, se havia algum homem. Andamos em direções diferentes, sem encontrar nada, até que o Osvino retornou ofegante para dizer entre dentes que era só um cavalo solto no campo, não havia ninguém por perto. Eu ainda perguntei: mas cavalo largado por aqui? Eu quis ver o animal e lá nos fomos os três, sentindo o calor do corpo um do outro, que não se enxergava um palmo adiante do nariz. Fui chamando baixinho, naquela voz que atrai cavalo, que amansa cavalo, até que divisei o bicho. Quando cheguei perto, palavra, me espantei com o tamanho dele, crinas que quase arrastavam no chão, tábuas do pescoço como se tivessem sido talhadas na pedra, narinas que resfolegavam como uma locomotiva, enfim, um animal de não ser posto fora em qualquer parte do mundo. Primeiro segurei as suas orelhas, Osvino enrolou na mão a ponta da cauda comprida, e o negro passou os braços ao redor do seu pescoço musculoso. Tive a idéia de enfiar a mão na bocarra e vi, pelos dois caninos miúdos, que era um garanhão de meter medo. Ordenei que continuassern segurando firme o bicho, corri a mão pelo lombo sedoso, pela anca forte, até encontrar a marca de fogo, coisa que um homem vivido como eu reconhece mesmo no escuro, só pelo tato.

Deu uma parada para acender mais uma vez o palheiro, e disse:

— Naqueles tempos eu ainda tinha tato. Veja agora os meus dedos: não sinto nem o calor das brasas.

Depois prosseguiu sem pressa, mastigando com prazer as palavras, como se fossem boas lembranças as aventuras daquela noite. Estendeu a mão, como se passasse sobre alguma coisa invisível, e disse:

— Era uma cruz de pontas viradas, marca que não havia pelas redondezas. Depois, passei a mão pelo lombo todo, pelas ancas fornidas, nas entrepernas, pelas crinas e tudo me parecia de um tamanho descomunal, de uma força de furacão. Desci pelas pernas fortes até os cascos que me pareceram feitos de ferro, e confesso que ainda hoje sinto nas palmas das mãos o frio gélido daquele animal, nenhum indício de calor ou de vida, como se ele fosse de mármore ou de bronze, muito embora ele estivesse ali nas nossas mãos, cheio de vida e indócil de pôr um homem a perigo. Cheguei a dizer ao meu capataz que daria metade dos meus dias para ver aquele animal à luz do sol. Devia ser uma espécie rara de cavalo, mas naquele momento ele era apenas um animal solto no campo aberto e o que a gente estava mesmo procurando eram os bandidos, nem se podia pensar em perder tempo com outras coisas.

– Mais um mate? – perguntei de propósito para interrompê-lo.

– Não, obrigado, prefiro continuar no meu fuminho. Onde é mesmo que eu estava?

– Estava descrevendo aquele cavalo misterioso.

– Ah, isso mesmo. Então ordenei que soltassem o animal e para espanto de todos nós ele não saiu retouçando, alegre por se encontrar novamente em liberdade. Ficou ali mesmo, como se tivesse raízes nos cascos. Osvino estranhou também, e disse que não via os olhos do bicho, que é uma coisa que a gente enxerga a mais de quinhentos metros. Nem eu, palavra, seria capaz de dizer, naquela escuridão, onde estavam os seus olhos. Resolvi, então, esclarecer o mistério. Cheguei de novo junto a ele, passei a mão pela tábua do pescoço, para ganhar confiança, examinei bem aquela cabeça de cavalo que devia ser a coisa mais bela deste mundo e ao escorregar os dedos pelo seu focinho, o bicho recuou veloz e desapareceu sem que nenhum de nós ouvisse o ruído dos cascos no capim ou nas pedras. Sumiu de todo, e nenhum de nós chegou a entender nada. E nos sentimos abandonados naquela imensidão escura e fria, como três idiotas enganados por um cavalo.

– E depois disso nunca mais viram o animal?

– Vimos, isto é, acho que não vimos mais. Naquela mesma noite ainda encontramos quase uma dúzia de cavalos, mas ninguém seria capaz de jurar que fossem tantos cavalos ou se seria o mesmo a intrometer-se no caminho da nossa busca dos bandidos. Meu capataz chegou a sugerir que a gente sacrificasse um para esperar a madrugada e ver o animal de perto. Eram cavalos muito grandes e fortes e aquilo não era coisa comum naquelas paragens. Depois, eu não queria alarde, pois a gente ia terminar por ser pressentido pelos assassinos e perder de vez os matadores. Aquilo seria a última coisa do mundo que eu ia admitir. Antes de mais nada, a vingança.

– E assim nunca ficaram sabendo nada sobre o cavalo, ou sobre os cavalos. Nem a cor do pêlo, nem o tipo visto à luz do sol.

– Mais ou menos. Deixe eu contar. Sempre que um deles era agarrado, eu passava a mão na anca, examinava com a ponta dos dedos a marca feita a fogo e era sempre a mesma cruz de pontas viradas, com um detalhe: uma das pontas, a inferior, com defeito de marcação, assim quando o fogo é forte demais num dos lados.

– Mas então era o mesmo cavalo, coronel.

— Podia ser, podia não ser, mas eu não estava muito interessado em cavalos, mas nos desalmados. Eu estava com a idéia fixa na vingança premeditada, o corte deles, pedaço a pedaço, deixando o que sobrasse exposto ao sol para que os urubus viessem comer a imunda carniça.

Volta e meia as mãos grossas do velho buscavam no borralho do fogão alguma brasa ainda viva e acendia o cigarro renitente que apagava após cada tragada. Perguntou se eu queria tomar mais um mate e eu disse que não, agradecia, mas estava satisfeito. Ele prosseguiu, sem emoção:

— Mas o pior o senhor não sabe. Naquela madrugada encontramos, à beira de um açude, os corpos dos bandidos. Eu sabia que eram eles, cinco ao todo. Mas estavam tão pisoteados pelos cavalos que era difícil dizer quem era um, quem era outro. Os arreios estavam colocados em fila de quartel sobre a grama ainda molhada pelo sereno da noite e tudo tão revolvido como se no local tivessem travado uma batalha. Posso jurar hoje, já que naquele momento eu me recusei a admitir a idéia, que eles tinham sido mortos pelos mesmos cavalos que eu havia encontrado durante toda a noite de busca. Osvino, o meu capataz, de repente me puxou pela manga da camisa e apontou para o alto de uma ravina que ficava para os lados do sol nascente. Vi, com estes olhos que a terra há de comer, a silhueta de um grande e belo cavalo, um soberbo cavalo, crinas imensas e esvoaçantes, cauda que arrastava no chão, orelhas em ponta, um belo animal que corria de um lado para outro. E de onde a gente estava se ouvia o seu relinchar alegre e ao mesmo tempo assustado. Logo depois, armou uma corrida no sentido contrário de onde a gente estava, e desapareceu por entre aquelas coxilhas que começavam a ser iluminadas pelo sol do amanhecer.

– Não viram mais o cavalo?

– Nunca mais. E pior do que isso: com o cavalo sumiram os arreios que a gente encontrara à beira do açude, haviam desaparecido os restos dos corpos dos bandidos e, para dizer a verdade, o capim havia voltado para o seu verde anterior e nem sinal de sangue e de pata de cavalo. Sabe, meu filho, eu nunca consegui explicar o que houve mesmo naquela ocasião e às vezes penso que é melhor esquecer tudo e enterrar aquele passado na falta de memória.

Calou-se, pensativo. O fogo havia apagado e a chaleira não expelia mais vapor. O velho e cansado coronel parecia dormitar na sua cadeira de palha. Mantinha o queixo apoiado sobre o peito murcho. A filha dormia lá dentro. O silêncio do lado de fora permanecia imutável.

Puxei o relógio e me assustei. Quase quatro horas. Precisava me despedir, pegar o carro e sair estrada afora. Eu sabia que me esperavam, insones, diante da iminência do golpe previsto contra Getúlio. E queria ir embora para me afastar o mais depressa possível daquele velho que agora dormia, curvado sobre si mesmo. Debatia-se, em sonho, com seus fantasmas.

Decidi ir embora sem me despedir. Ele continuaria dormindo e, ao acordar, compreenderia os motivos que teriam me levado a sair sorrateiro. Diminuí a chama do lampião, abri a porta, sem ruído, e preparei-me para sumir na escuridão da noite fria.

– Boa noite – disse ele, sem voltar a cabeça. – Espero que faça boa viagem.

– Boa noite, coronel, até mais ver.

Saí, puxei a porta e enfrentei a noite de céu estrelado, procurando encontrar o rumo da porteira onde havia deixado o carro. Foi quando vi um extraordinário cavalo de cabeça esculpida por mão de artista, longas crinas claras, cauda espessa a roçar a grama molhada pelo sereno da madrugada, rijas pernas, ancas roliças, indócil a escarvar o chão de terra batida, narinas expelindo vapor e orelhas retas para o alto, atento e nervoso.

Aproximei-me cauteloso, levei a mão vagarosamente para bater na tábua do pescoço, senti o cheiro acre e gostoso do seu suor e de repente vi-me aterrorizado por uma descoberta inesperada: o animal não tinha olhos. Com um incontrolável tremor nas mãos, caminhei com os dedos até a anca vigorosa e examinei a marca de fogo: uma cruz de pontas viradas, perna inferior com sinal de excesso de fogo.

O ELEVADOR

"De repente, não sei como
Me atirei no Contracéu.
À tona d'água ficou
Ficou boiando o chapéu."

Mario Quintana

Quem olhasse o poço do elevador sem a cabina, de cima, sentiria um frio na boca do estômago. Era um funil de quase sessenta metros de profundidade, que se perdia na sombra. A cabina deslizava nos trilhos e a casa das máquinas fazia um ruído soturno, estalando as chaves automáticas, de minuto a minuto. Ficava ronronando a intervalos, como a asma de um grande gato. Lá no décimo oitavo andar o sol era mais forte e os ventos mais assanhados. O céu era mais vasto, mais azul ou mais negro, quando as nuvens baixas pareciam boiar ao alcance das mãos. E muitas vezes, no inverno, elas entravam pelas portas e janelas, íntimas, infiltrando-se nas peças, invadindo corredores. Então as aberturas perdiam a visão e se tornavam cegas. Nos dias límpidos se avistavam a cidade, o braço de rio, os campos, os caponetes e as coxilhas distantes, e além, só as montanhas recortadas no horizonte, azul-cinza carregado, formando uma cremalheira desigual. Havia mais oxigênio lá em cima. A fumaça dos carros e das chaminés se mostrava mais pesada que o ar e formava um lençol gasoso envolvendo o chão e os primeiros telhados, as árvores e os quintais. Nem os pássaros subiam tanto. Talvez os corvos, naqueles seus vôos parados, de longas asas recortadas e estendidas, ondulando ao vento, planando, aproveitando as correntes de ar, talvez os corvos voassem acima do horizonte. Eles se mantinham quietos, por minutos e minutos, depois se deixavam descair como atingidos por setas invisíveis, para se recomporem instantâneos no equilíbrio anterior. E eram muitos a voar, mas solitários, independentes e perscrutadores.

Ligado ao solo pela estrutura de cimento, pedra e ferro, o homem atingiria a terra, e os pardais inquietos, pelo buraco negro do elevador, com seus trilhos engraxados e seus cabos de aço bamboleantes. Era a ligação necessária.

Quando subia ou descia, João fazia uns cálculos esotéricos. Quanto tempo um homem perde de sua vida andando de elevador ou dormindo, ou simplesmente sem fazer nada? Sete ou oito horas de sono. Duas a três horas para comer e beber. Uma hora para as negaças do amor, entre suspiros e ais. Tantas horas por mês ou por ano para chegar diariamente ao décimo oitavo andar. Havia que contar ainda os minutos de espera. As vezes em que os outros passageiros faziam o carro parar, para descer ou para subir. Os segundos requeridos para a porta ceder à pressão dos fechos hidráulicos ou para que os controles automáticos acionassem a polia que enrolava ou soltava o cabo de aço. Muitas e muitas vezes a porta estava quase fechando e alguém puxava o trinco, abruptamente, fazendo com que todo o ciclo mecânico recomeçasse.

Ele pensava sempre em cronometrar o tempo perdido ou gasto na viagem, mãos nos bolsos, teso, olhos pregados na mágica dos quadrinhos iluminados, número a número de cada andar. O minúsculo foco de luz a pular obediente, desaparecendo alguns segundos no décimo primeiro andar. Alguém dizia: a lâmpada deve estar queimada há semanas. Vou avisar o zelador. Ele que chame o serviço de manutenção, que é pago por nós para deixar tudo funcionando como um relógio.

Foi quando houve um vazamento de óleo dentro da cabina. Uma senhora achou que era água. O síndico, chamado com urgência, passou o dedo no líquido, cheirou e desfez as dúvidas: era água mesmo. Portanto, uma goteira no elevador. Mas como é que pode? Bem que poderia ser um sinal de algo mais grave, talvez uma infiltração entre as lajes, o rompimento de algum cano ou até mesmo o sistema hidráulico que se deteriorava. Mas neste caso escorreria óleo e não água. Dias depois a infiltração desapareceu. Tornou a surgir. Desapareceu. O síndico chegava a dar plantão. Os usuários denunciavam qualquer nova mancha.

Quantos anos preciosos de vida a gente perde entalado numa cabina de elevador? Ele se irritava ao ver que não conseguia deixar de ler, todo o santo dia os avisos pregados nas paredes de fórmica. É proibido fumar dentro do elevador. Por que dentro do elevador? Claro que o aviso só valia para aquelas pessoas que se encontravam dentro do elevador. Vinha depois a plaqueta da Prefeitura ameaçando com multa irrisória, de vinte anos atrás, o excesso de lotação. Quem já teria pago aquela multa e onde se meteria o fiscal da Prefeitura nas idas e vindas do elevador, dia e noite? E ainda o costume do zelador, que a cada semana pregava um aviso diferente para os moradores. Um pífio jornal mural escrito em tampas de caixa de papelão. O aviso de que fora encontrado um chaveiro com oito chaves, sendo uma delas antiga. Uma caixa de óculos, sem óculos. Um lenço branco, arrendado, com as iniciais bordadas em azul, Z. F. Ou um pente de tartaruga com ornatos dourados. O aviso periódico, atenção, clientes da Brasilgás: a entrega deverá ser feita na próxima sexta-feira, parte da tarde. Ou a convocação dos senhores condôminos para uma importante assembléia. Assuntos da máxima relevância.

O síndico, um coronel de cavalaria, reformado, morava no terceiro andar. Orgulhava-se de um retrato seu, colocado sobre o piano pela sua filha mais velha. Ele aparecia empunhando uma bandeira brasileira, murcha pela água da chuva, em meio de muitos automóveis com alegres rapazes encarapitados sobre as toldas, todos sem camisa, erguendo sobre as cabeças garrafas comemorativas. Numa fita de papel gomado, lia-se: Copacabana. Abril de 1964. Ao lado do quadro duas bandeiras. Uma do Brasil, que ele chamava de auriverde pendão. Outra dos Estados Unidos, nossos gloriosos irmãos do norte. Costumava entrar no prédio devagar, olhando tudo, em tudo passando a mão, examinando a quina de uma parede, notando marcas de pés no piso romano.

Quando as pessoas abriam em demasia a porta do elevador, ele recomendava que aquilo não era preciso, forçava os amortecedores. E se alguém puxava com decisão a porta, tentando abreviar a operação lenta, o coronel explicava de mau humor que a porta era automática e tinha o seu tempo determinado para realizar aquele trabalho. Ele explicava: no inverno o óleo fica mais grosso, pelo frio, e o braço demora mais para ceder. Pedia paciência e, se possível, mais educação. Nos apartamentos também, ele batia sempre que um grupo maior ria ou falava em tom mais elevado. Não raro chegava à porta dos outros calçando chinelos e de pijama. Mesmo que as pessoas entrassem mudas e indiferentes no elevador, o síndico presente dava o seu sonoro bom dia e sem nenhum acanhamento começava a falar e a comentar casos, embora todos preferissem continuar a descida ou a subida mudos e indiferentes.

Em geral, as pessoas, quando entravam no elevador, não sabiam para onde olhar, nem onde colocar as mãos. A maioria cruzava os braços e fixava os olhos no vácuo. Outros pareciam hipnotizados pelos quadradinhos luminosos, acende, apaga, acende, apaga. Quando a lotação se completava, João sentia a testa porejada e uma desagradável sensação de umidade na palma das mãos. Doía-lhe a barriga e a respiração se tornava difícil. Tinha engulhos quando o seu nariz ficava a dois centímetros da nuca de um outro passageiro, aspirando contrafeito um perfume barato ou então misturado com a gordura natural dos cabelos. Era nesses momentos que ele perdia anos de vida. Buscava a fuga ao imaginar-se, de maneira obsessiva, montado em pêlo num fogoso cavalo, crinas ao vento e rabo esvoaçante, campo aberto a perder-se de vista. Numa disparada que o livrava de morrer sufocado naquele cubículo infame, ou afogado entre aqueles peixes submersos e putrefatos, ventres opados e voltados para cima, mortos todos eles, cada um afundando cada vez mais no poço sem fim, no negro poço do elevador.

Havia outras vezes em que João, mesmo numa viagem exclusiva, sentia-se enlatado na ausência de qualquer calor humano que o pudesse confortar. E a cabina rolando em águas obscuras e profundas, solta dos cabos, fora dos trilhos engraxados. Era quando as viagens se eternizavam. O suor a escorrer-lhe pela nuca, penetrando pelo colarinho e descendo espinha abaixo, gotejando. A dor no ventre, então, era como dor-de-tortos, numa parição angustiada e fina, aguda, inflamada, naqueles raros instantes em que o corpo subia, levitava livre da gravidade.

– Coronel, sua filhinha deve tocar piano muito bem.

– Obrigado – dizia ele, orgulhoso. – O piano já não está lá essas coisas.

Abria a tampa, passava os dedos pelas teclas de marfim amarelado, pretas faltando como falhas de dentes. Ele puxava a banqueta giratória, sorria enlevado, passava as mãos de leve por cima do teclado e perguntava:

– Tem alguma preferência? – mas arrependia-se logo: – É melhor não dizer, estou muito fora de forma. O senhor precisava ver minha mãe sentada ao piano, naquelas tardes de outono, penumbra na sala, silêncio lá fora, tinha os dedos tão leves como plumas e eu sempre ouvi dizer que ela era a melhor intérprete de Chiquinha Gonzaga. Bons tempos!

Queixou-se de haver passado a vida toda num quartel, quando a sua vocação estava ali naquelas teclas. Batia notas esparsas, experimentava o pedal que rangia, dois ou três acordes.

– O senhor já ouviu a valsa *Predileta*, do maestro Anacleto Medeiros? Acho que é mais ou menos assim, desculpe a desafinação, este piano tem quase a minha idade.

Um dia ele levantou as mãos, rodopiou a banqueta e queixou-se:

– Neste edifício não se pode fazer nada. O senhor está escutando o barulho aí pelos corredores? O barulho desse maldito elevador, dessas crianças pelos corredores e ainda por cima as reclamações de canos arrebentados, vazamentos e sei lá que diabo mais.

João ouvia o coronel e calava. O síndico deixou a banqueta, espetou o dedo no ar:

– O senhor conhece a mulher do 904. Claro que o senhor conhece aquela megera. Pois agora embestou que o cabo do elevador está fraco e que pode arrebentar, reclama todo o santo dia e ameaçou fazer queixa na Prefeitura.

– O cabo do elevador!

– Veja só, como se esse tal cabo fosse feito de corda de estender roupa no varal.

João lembrou-se de que ouvia sempre um estalido estranho quando a cabina passava pelo sétimo andar. Ora, os fios partidos enroscavam em alguma coisa, um parafuso, uma ponta da armação, um arrebite dos trilhos, essas coisas que afinal terminam causando um acidente grave. Sentiu novamente o suor frio na palma das mãos. O coronel havia voltado ao piano e batia nas teclas com raiva. Gritou que era outra peça do Anacleto, primeiro maestro da Banda do Corpo de Bombeiros do Rio, o choro *Três Estrelinhas*. E não falara mais no cabo esfaqueado do elevador, ele que se mostrara tão revoltado com os temores da velha do 904, continuava a batucar nas teclas corroídas do piano desafinado. Um assassino frio e calculista, aquele coronel de cavalaria.

Pois na tarde do dia seguinte João ficou só no elevador e viu quando os homens entraram sem que a cabina houvesse parado, mesmo com a porta fechada. Notou que eles olhavam e sorriam, maldosos. Não falavam entre si e além disso nenhum deles tinha a preocupação natural de acompanhar o saltitar das luzinhas dos andares. Nem se mostravam acanhados, olhos para o chão ou perdidos no vácuo, como era comum em quase todas as pessoas. Eram homens que se entendiam e se reconheciam pela simples presença física. Todos eles iguais, da mesma cor de pele e do mesmo tamanho.

Foi quando João notou, espantado, que eles não tinham olhos, apenas as órbitas, e sorriam mesmo assim e davam a impressão de que enxergavam as coisas através dos negros buracos encravados na cara. Eram muitos e começavam a consumir todo o ar, o mesmo ar que estava tão grosso e pesado que quando um deles queria respirar cortava um pesado e o enfiava no nariz, depois aquela massa atravessava a traquéia e enchia os pulmões. João via, agora, o ar sólido no peito de cada um, como se eles fossem de vidro. Um ar que lhe estava sendo roubado a cada andar.

O elevador. A cabina que descia de maneira vertiginosa, presa agora a trilhos lubrificados com sangue, todos eles dependurados pelos fios de aço que se tornavam a cada momento tão finos como fios de cabelo. Por fim as luzinhas deixaram de pular de número em número e estavam agora no rés-do-chão, abriu-se a porta com estalidos de madeira seca e ninguém desceu, como se todos esperassem pela mesma coisa, até que a cabina deixou a rigidez dos trilhos, atravessou o saguão de entrada, com pisos de mármore branco, sancas e florões, cruzou a bela porta de ferro batido ladeada por imensos vasos de folhagens e gerânios coloridos. Rodavam todos pelas ruas movimentadas, entre as buzinas nervosas dos carros e as imprecações de transeuntes sem rosto. João teve ímpetos de pedir socorro aos guardas que dirigiam o caos, mas os homens estavam tão tranqüilos naquele passeio insólito pelas avenidas que ele preferiu seguir calado, agora já sem suar na palma das mãos.

Quando algum deles queria descer, fazia um sinal, a cabina parava e ele descia, abanando para os demais e desaparecendo no meio da multidão. Outros desciam e logo entravam em farmácias, botecos e padarias. Acenavam cordiais e sumiam de vez. Quando João pensava que eles haviam dito alguma coisa, reparava logo que os sons não saíam das suas bocas, mas eram estalidos do automático na casa das máquinas. Finalmente João viu-se só no elevador e que ele rodava macio em direção ao edifício, entrou pela porta de escadas de mármore e passou pelo coronel de cavalaria que se mostrava lívido e espantado, até que tudo entrou nos eixos e novamente a cabina deslizava pelos trilhos engraxados, as luzinhas voltaram a saltitar de andar em andar, ouvindo-se o estalido do cabo fraturado ao passar pelo sétimo andar.

Quantos anos um homem perde de sua vida, andando num elevador? Ou dormindo e comendo, ou bebendo, fazendo amor, respirando a nuca empestada dos outros? Ou simplesmente quantas vezes se morre, desde que o cérebro pare, e fica um homem sem pensar em nada, mas em nada mesmo?

É verdade. O homem não tem nada o que contar aos urubus quando eles se encontram em pleno vôo, nem aos pardais que bicam invisíveis alimentos nas calçadas ou na terra solta das praças e dos jardins ou quando apanham migalhas nos fundos dos quintais.

Somando tudo isso a vida de um homem é curta e insípida. Prisioneiro perpétuo de sua cela infecta, imunda. Pouco sobrava de sol e de luz, ou de tempo para a contemplação. Não encontrava nenhuma medida para saber que tamanho tem a liberdade de um homem que se sente preso no miasma de uma cabina.

Quando João descia, seus pés buscavam raízes na terra e a umidade doce das suas entranhas. Quando subia, nunca lhe ocorrera que podia libertar-se no espaço e ganhar as alturas, num vôo sem limites. Pois talvez lhe fosse possível varar a casa das máquinas, projetar-se no espaço dos corvos e das nuvens. Por todos os demônios da terra e do céu, ele agora se sentia na sua estranha prisão vertical.

Tomou, pois, uma decisão: falaria com o zelador sobre a pequena lâmpada queimada do décimo primeiro andar. Ou não existiria mais, por acaso, o décimo primeiro andar? E quando o frio tornasse mais espesso o óleo dos amortecedores da porta, o sensato seria trocá-lo por um óleo menos denso, mais fino. Procuraria o síndico e arrebentaria, em primeiro lugar, com aquele seu piano de armário, desafinado e ringidor, e rasgaria as partituras do maestro Anacleto Medeiros, primeiro mestre da banda do Corpo de Bombeiros.

– Coronel, estamos entendidos. O senhor agora já sabe quais são os problemas e seu dever é tratar de resolvê-los de imediato, segundo o regulamento aprovado na última assembléia geral extraordinária.

Diria todas essas coisas em altas vozes, para que a mulher do 904 ficasse sabendo que ele era um defensor de todos os condôminos, e diria ainda que ele, o síndico, na qualidade de oficial da reserva remunerada das Forças Armadas, devia desde já tomar as medidas adequadas para colocar todas as coisas nos eixos e não mais permitisse que a cabina daquele elevador miserável saísse por aí a deixar os seus passageiros em bares, lojas e padarias. Ou então que os condôminos que estivessem com seus pagamentos em dia convocassem uma nova assembléia geral extraordinária a fim de estabelecer o itinerário definitivo do elevador. Que fosse determinado a ele que só poderia andar do primeiro ao décimo oitavo andar, obedecendo os comandos de botões para abrir a porta e reencetar a marcha, com as luzes todas funcionando regularmente, de maneira que as pessoas que nele viajassem soubessem de antemão em que altura se encontravam.

E ninguém mais poderia ser proibido de fumar, a não ser em casos predeterminados, quando por exemplo entrassem na cabina senhoras grávidas com atestado médico e firma reconhecida em cartório que merecesse crédito público – a fim de evitar esbulhos – ou ainda crianças de colo devidamente acompanhadas de seus pediatras registrados na associação de classe e no Ministério da Saúde.

Quando João encontrou o síndico carregando na lapela uma roseta verde-amarela em sinal de respeito às comemorações da Semana da Pátria, sentiu muita vontade de reclamar e até de sugerir outras medidas pertinentes para corrigir os defeitos graves do sistema. Mas preferiu nada dizer. Não falou de seu medo, nem dos homens sem olhos. Era bem provável que o coronel, patriota forjado na rígida disciplina dos quartéis, nem sequer conhecesse aqueles homens que naquele instante mesmo começavam a entrar no elevador, ocupando seus lugares com a maior naturalidade. Todos eles irritantemente olhando sem enxergar, todos da mesma cor de pele e do mesmo tamanho.

Pois o síndico lá estava se infiltrando no meio deles, como se estivesse habituado a ceder espaço àqueles homens que nem sequer moravam no prédio nem se davam ao trabalho de apertar os botões para marcar os seus andares preferidos. João sentiu naquele momento uma tristeza infinita pela indiferença do coronel, um homem sempre tão cioso de sua autoridade e de suas prerrogativas conferidas através da soberana decisão da assembléia geral que tudo decidia nos limites daquele megatério de cimento armado.

Ele não parecia mais o mesmo homem, sempre tão preocupado com as empregadinhas domésticas e com os cãezinhos que eram levados para o passeio diário, com as crianças que enchiam de algazarra a severa austeridade daquelas caixas de morar. O síndico misturado com os demais homens sem olhos, indiferente também a que a cabina saísse dos trilhos verticais e enveredasse pelas ruas e avenidas, outra vez interrompendo o trânsito sob o olhar complacente dos guardas e dos seus fiscais, dobrando esquinas na contramão, atravessando por cima dos canteiros dos parques e das praças, dificultando ainda mais a vida de todas aquelas pessoas que voltavam para as suas casas no fim de tarde violáceo e assustador.

João começou a chorar. E quando chegou ao décimo oitavo andar, desceu aliviado daquela pequena e desagradável prisão, atravessou o corredor, meteu a chave na porta e entrou em casa, rumando direto para a janela que lhe abria o horizonte amplo e luminoso, enchendo os pulmões de ar puro, a olhar para os corvos planando serenos, o céu azul sem um fiapo de nuvem.

De sua janela, João vislumbrou o casario lá embaixo, os edifícios menores, a copada das árvores, os pardais trêfegos, as praças, ruas e avenidas. Por fim ergueu-se nos pés e reencontrou novamente o caminho livre, solto no espaço, sem mais as quatro terríveis paredes da cabina, sem as luzinhas, o chiado dos cabos de aço a roçar nos parafusos do sétimo andar, a porta abrindo e fechando, a cara enrugada da velha do 904, as batidas roufenhas dos dedos do síndico nas teclas do seu piano-armário, os homens da mesma cor de pele e do mesmo tamanho, o miasma do túnel forrado de trilhos que entrava chão adentro.

Renato, meu amor

"E havia um coraçãozinho que batia
assustado, assustado...
E um coração tão duro que era
como se estivesse parado...
Um escorria fel...
O outro, lágrimas..."

Mario Quintana

Donana acordou o netinho, fez as recomendações de sempre, foi esquentar o café com leite, passou margarina em duas fatias de pão e deu uma olhadela na merenda preparada de véspera. Renatinho lavou a cara, escovou os dentes, penteou os cabelos loiros e se apresentou para a inspeção final. A avó, sentada num banco alto, puxou-o para si, viu bem as orelhas, mandou que ele mostrasse os dentes, o pescocinho fino e fiscalizou unha por unha. Deu-se por satisfeita.

– Hoje, quando voltar do colégio, quero que tomes um banho completo, vamos cortar essas pontas de cabelo e aparar as unhas. Está na época.

O menino fez que sim, com a cabeça, sentou-se à mesa e tratou de comer o pão e de beber o café morno, enquanto cuidava o pequeno relógio despertador que fora colocado numa prateleira. Quando acabou, dirigiu-se para o quarto de banho para uma nova e rápida escovada nos dentes, bochechou bastante água para tirar restos de açúcar que pudessem ter ficado na boca. Olhou bem, no espelho, a túnica branca, podia ter respingado algumas gotas de café. Retornou à cozinha, onde a avó permanecia sentada, deu um beijo na sua face apergaminhada, deu de mão na bolsa-mochila e saiu.

Era assim de segunda a sexta-feira. Aos sábados ele podia levantar-se mais tarde, lá por nove horas, quando ajudava na limpeza da casa, arrancava o inço da horta pequena e varria as folhas de árvore caídas no pátio. Era quando ele devia revisar as lições de toda a semana, até meados da tarde, e depois recebia licença para encontrar-se com os amiguinhos no grande descampado que fazia as vezes de praça. Aos domingos comparecia à missa das sete e depois ajudava a preparar o almoço que era sempre um pouco melhor do que nos outros dias. Depois do meio-dia, terminada a limpeza da cozinha, a velha sesteava e ele era obrigado a fazer o mesmo, embora não dormisse, permanecendo no quarto escurecido, olhos bem abertos e com o pensamento a voar por aí. À noite, depois do lanche, os dois iam para a casa da única parenta de Donana, a prima Cidinha, onde assistiam a meia hora de televisão. Renato ficava sentado a um canto, braços cruzados, magnetizado pelo vídeo, sem direito a falar.

A prima, solteirona de gola franzida e saia comprida, conseguia o que para Renato era um milagre, assistir à televisão e bordar, ao mesmo tempo. Ela executava, da manhã à noite, encomendas de fora. No último domingo havia dito que o menino estava ficando a cara do pai, que Deus o guardasse, e quis saber se Renatinho ia seguir a profissão dele, que fora o melhor alfaiate de toda aquela região.

– Não sei – disse a avó, olhando atentamente para o menino. – Acho ainda muito cedo para ele saber o que quer. Oito anos não é ainda uma idade para isso. Por fim, falando a verdade, ele ia ser doutor.

– Cruzes! – disse a outra, persignando-se. – De onde vai sair dinheiro para mandar esse menino para estudos tão caros?

– Quando chegar a hora, pode ser que Deus se lembre da gente.

– Tem razão. Um dia Ele vai se lembrar.

– No dia vinte e seis de outubro ele completa nove aninhos. Parece mentira, parece que ele nasceu ontem.

– Este ano eu quero fazer o bolo de aniversário. Deixe isso comigo – disse a prima, sempre bordando e de olho na televisão.

Virou-se para o menino, apontando com a agulha:

– O meu filhinho não aceita um doce feito por mim?

Renato olhou para a avó, recebeu um sinal e assentiu com a cabeça. A velha largou o bastidor e foi à cozinha. Donana disse ao neto que ele deveria, nessas ocasiões, dizer muito obrigado, levantando-se da cadeira. Afinal, o colégio não ensinava essas coisas de boas maneiras, ou era só o bê-á-bá? No caminho, de volta para casa, ela recomendou várias vezes que assim que chegassem ele devia escovar muito bem os dentes, não podia ficar entre eles nenhum fiapo de doce. Ao deitar-se, ele devia dar boa noite à velha, pedir a bênção, como fazia antigamente com a mãe e com o pai, aos cinco anos de idade, e ainda rezar em voz alta para que a avó, do quarto ao lado, ouvisse o que ele confessava ou as coisas que pedia a Deus.

Só depois de ouvir o ressonar do neto é que ela ajeitava os joelhos ossudos sobre uma almofada posta ao lado da cama, cotovelos apoiados sobre o colchão de palha, olhos fechados, cabeça erguida para o alto, quando rezava numa espécie de conversa íntima com o Todo-Poderoso, explicando tudo o que fizera durante o dia, pedindo saúde para cuidar do neto órfão, agradecendo o pão de cada dia, implorando para que não esquecesse dela na hora de distribuir, entre as costureiras da cidadezinha, as calças e os coletes que lhe davam um dinheirinho para sustentar a casa. Não esquecia nunca de agradecer também pelo netinho bom e carinhoso que lhe sobrara na vida, seu pequeno companheiro de todos os dias.

Depois de rezar, ela tomava os seus comprimidos e antes de deitar-se ainda passava pelo quarto do neto e via se tudo estava bem, se ele dormia, se não estava descoberto. O frio começava a chegar.

Na manhã do dia seguinte, Renato terminou de escovar os dentes depois do café e foi beijar a velha, ainda na cama. Mesinha-de-cabeceira atopetada de vidros, copos, xícaras, colheres, latinhas, embalagens de comprimidos, pequenos santos bentos, moedas e amassadas notas de um cruzeiro. Ela estendeu a mão gelada, recebeu o beijo escorregadio e superficial, passou os dedos nos cabelos sedosos do neto e queixou-se:

– A vovó tem andado muito fraca. Esta noite quase não preguei olho, tive dores aqui mais aqui, em toda a barriga.

Mostrava a região onde dizia sentir as dores, sob as cobertas desbotadas. O menino não disse nada.

– Pronto, vá para o colégio, senão pode chegar tarde, depois da sineta.

Antes que ele saísse, pediu para encher o copo com água da torneira, precisava engolir mais alguns comprimidos. Tinha a impressão de estar com febre. O menino perguntou se não queria que ele passasse pela casa da tia para avisar que ela estava doente.

– Não, não precisa incomodar a pobre da Cidinha, sempre com tanto trabalho por entregar. Isso é coisa de velhice, passa logo. E anda depressa para não chegar tarde.

Renato deu uma rápida parada na porta, abanou e saiu. A velha ficou atenta aos seus passinhos, ouviu quando ele torceu a chave da porta dos fundos e logo depois a batida forte de sempre, para vencer a resistência da lingüeta enferrujada. Só então ela catou os comprimidos, escolheu alguns deles, recostou-se exausta nos travesseiros e tomou os remédios.

Imaginou que pudesse estar com uma úlcera a corroer-lhe as paredes do estômago, como um bicho de ferrão. Alisava o ventre, vagarosamente, enquanto pensava na morte como uma possibilidade cada vez mais próxima. Comoveu-se ao imaginar o que seria do netinho sem a sua proteção, seus cuidados e carinhos, abandonado naquela casa, sem recursos, quem sabe levado para um orfanato ou metido num reformatório qualquer. Precisava conversar com a prima, só ficaria ela no mundo para cuidar da criança. Deixaria para Cidinha a casa pequena e antiga, o terreno grande, os poucos móveis e utensílios. Deixaria tudo em testamento para a prima, desde que ela se encarregasse do menino. Mas não tinha a menor idéia de como fazer um testamento. Deveria ser em papel grosso e bonito, letras batidas a máquina, assinatura com firma reconhecida. Naquela semana mesmo iria procurar o juiz e pedir ajuda. Renatinho não poderia ficar no mundo ao Deus-dará.

Passou mais uma vez as mãos sobre a barriga dolorida. Úlcera, gases. Veio à sua cabeça a idéia de um câncer no estômago. As pessoas iam definhando, definhando até morrer, em meio a dores atrozes. Pediu a Deus que a livrasse da doença maligna. Rebuscou na mente tudo o que poderia ter feito na vida para merecer tamanho castigo. Mas Deus era generoso. Uma gastrite, e nada mais. Fez as contas nos dedos: precisava viver pelo menos mais cinco ou seis anos, no mínimo. Renato estaria com treze ou quatorze anos. Poderia trabalhar num escritório, continuar estudando até à idade de sentar praça e ter garantidos casa e comida, dois fardamentos por ano, direito a promoção de acordo com os anos de serviço, mais tarde faria exame para cabo e depois para sargento, iria casar e constituir família. Sargento Renato. Ela o via, jovem e forte, fardado, botas luzidias, desenvolto, espigado, dando ordens e assinando papéis, prestando continência e recebendo elogios do comando por sua eficiência. Ou Renato terminaria preferindo a profissão do pai, curvado o dia todo sobre tesouras e panos, réguas e lâminas de giz, a traçar riscos geométricos na fazenda estendida sobre a mesa baixa, luz fraca a iluminar as longas noites de serão, na época das festas de fim de ano.

Bebeu o resto da água que ficara no copo esquecido sobre a mesinha atopetada, levantou-se devagar, ainda meio tonta, calçou os chinelos e foi até à cozinha buscar mais. Sempre a sede a enfogueirar-lhe a garganta. Pernas fracas e trêmulas, Donana não conseguia desgrudar a mão das paredes e portaladas, tornando a deitar-se, preocupada. Precisava tratar do almoço.

Renato chegou logo depois do meio-dia, foi direto ao seu quartinho, largou a bolsa do colégio, trocou de roupa, tirou os sapatinhos e correu para a cozinha. Beijou a avó e disse que deixasse algumas coisas para ele fazer. Encontrou-a sentada numa cadeira, mãos sobre o ventre, olhos aflitos. Viu que o fogão estava quente e que as panelas desprendiam um cheiro gostoso de comida.

– A senhora está sentindo alguma coisa, vovó?
– Nada, meu filho, só umas dores por aqui, como se eu tivesse um bicho-carpinteiro dentro de mim.
– Tomou os remédios, vovó?
– Tomei, meu amor. Agora trata de esticar a toalha sobre a mesa e bota os nossos pratos e talheres. Hoje não fiz grande coisa, mesmo porque nem tinha carne.

O menino obedeceu pressuroso, disse a ela que seria bom dar uma chegada na Santa Casa para consultar um médico. A velha notou no rosto lindo e rosado do neto o pavor que o assaltava sempre que ela parecia doente, e mais uma vez pensou em procurar o juiz e aconselhar-se sobre o testamento. Diria a ele dos seus temores sobre o futuro do menino. Ela não possuía mais nenhum parente capaz de tomar conta da criança, a não ser a velha prima que ainda era mais pobre e carente. Queria deixar o terreno e a casa, o pão garantido e o estudo primário para uma profissão decente.

O netinho passava as mãos no seu rosto e às vezes ficava um longo tempo junto dela, pronto para satisfazer os seus menores desejos, recusando-se a sair nos momentos de folga. Um dia ele quis saber quais eram as dores que mais a faziam sofrer. Donana ficou comovida, mas achou que não devia esconder nada do menino, era melhor que ele soubesse das coisas:

– Tenho andado muito fraca e tonta, meu filho. Olha aqui a pele dos meus braços, está áspera e seca, tem escamas como os peixes. Sinto ardências de fogo na garganta e esta tosse quase não me deixa dormir. Ainda ontem eu pensei que tivesse brasas nas solas dos pés e já não consigo pegar as coisas direito, tão desajeitadas andam as minhas mãos.

– Lá na sua mesinha não tem nenhum remédio para essas coisas, vovó?

– Já tomei todos eles e não senti nenhuma melhora, nada que me aliviasse dessas tonturas. Já não consigo engolir nada e quando alguma coisa me cai no estômago, quer logo voltar.

– Mas então eu acho melhor ir na Santa Casa, onde tem doutor – disse ele, sentadinho numa banqueta baixa, mãos cruzadas sobre as perninhas nuas.

– Quase não tenho mais forças, meu Deus.

Comeram em silêncio, os dois sem muita vontade, a chaleira chiando na chapa quente, o menino atento às expressões de dor da avó. Foi recolocar as panelas sobre o fogão, tirou os pratos, aproximou-se da velha:

– A senhora quer que eu prepare um chá de cidró?

– Quero, meu amor, prepara um chazinho para a vovó. Depois de descansar um pouco, trata de fazer as lições de amanhã.

Passaram-se muitos dias assim. A velhinha se arrastava da cama para o fogão, tossia muito, preparava a escassa comida e tornava a deitar-se, enfraquecida, tentando ainda costurar alguma coisa a mão. Ânsias de vômito, aquela diarréia inestancável, solas das mãos e dos pés coscoradas e a sensação de que a vida se esvaía lentamente. Até que um dia mandou chamar a prima e disse a ela que não tinha mais forças para sair da cama. Pediu que ela levasse ao juiz alguns dados para o breve testamento. Fez muitas recomendações. D. Cidinha ficou preocupada, prometeu trazer logo um médico da Santa Casa, bem que ela estava precisando de um exame completo, de mais cuidados e atenção. Um bom remédio de farmácia, disse ela, às vezes curava doenças misteriosas.

– Não quero médico nenhum. Médico não cura doença de velhice.

Naquela noite, a garganta ainda mais quente e áspera, como se passassem um ferro em brasa sobre a pele escamada, Donana sentiu muita sede, mas não quis chamar pelo netinho que dormia profundamente e precisava acordar mal o dia clareava. Ergueu o busto magro, apoiou-se na guarda de ferro da cama, depois no espaldar de uma cadeira, nas paredes do quarto, agarrou-se na portalada e foi primeiro ver o netinho que dormia. Quem sabe não estaria com as costas descobertas, pés de fora, a noite enregelando tudo. Tateou com cuidado a cômoda pequena onde sabia estar o lampião. Achou os fósforos e tratou de fazer um pouco de luz. Viu Renatinho ressonando, seus loiros cabelos esparramados pela fronha branca, o rostinho rosado e tranqüilo; ajeitou uma ponta do lençol, puxou o cobertor que já escorregava para um lado e notou que a roupinha dele estava dobrada sobre a cadeira, na ordem que deveria ser vestida pela manhã: as botinas com as meias brancas, a calça azul-marinho, a camisinha branca com remendos aqui e ali. Preocupou-se com que a roupa estivesse manchada por gorduras e café, suas mãozinhas eram frágeis demais para lavar e passar, dedos pequeninos para espremer panos molhados. Levou a camisa bem para perto dos olhos embaçados, levantou a mecha do lampião e pôde examinar, então, a gola, os bolsos meio enrugados e dentro deles as coisas insignificantes, mas preciosas, que os meninos costumam guardar, nunca se sabe para quê. Despejou tudo o que havia dentro deles na bolsa formada pela saia do camisolão de pelúcia. Botões de diversos tamanhos e cores, arruelas e parafusos, tampinhas de garrafa, recortes de revistas velhas, pedaços de borracha, selos, bolotas ressequidas de cinamomo, uma ponta de lápis e um pacotinho de papel de pão com alguma coisa dentro que lhe pareceu ser areia, sal ou quem sabe açúcar refinado, um pó muito branco e macio. Donana sentiu um leve tremor nas mãos, aproximou ainda mais do lampião o pacotinho aberto, teve ímpetos de molhar a ponta do dedo na língua e provar o estranho pó. Seria sal ou seria açúcar? Preferiu cheirá-lo. Era inodoro. Com cuidado, dedos nervosos e desajeitados, refez o embrulho, guardou o resto das coisas nos bolsos, recolocou a camisa no seu lugar, apagou o lampião e saiu silenciosamente para não acordar o netinho. Levava na mão fechada, como uma brasa que lhe estivesse queimando ainda mais a pele, o estranho pacotinho.

Demorou-se na cozinha, onde bebeu bastante água. Sabia que estava com febre alta, enxugava com a manga o suor frio que começava a escorrer-lhe da testa. Voltou para o quarto amparando-se pelas paredes nuas. Tornou a deitar-se, mas antes teve o cuidado de esconder o pacotinho num vidro vazio de comprimidos. Cobriu-se bem em busca de calor. Notou que o vento lá fora aumentara e muito, sacudindo a galharia das árvores do pátio. Pensou que poderia chorar em silêncio, o mundo se diluindo em torno de si. Sentia-se fraca e velha, começava a ver coisas que não existiam, ouvia sons que ninguém mais percebia. Sim, só podia ser a idade. Passou a ponta dos dedos nos olhos e notou que eles estavam secos e ardidos. Sabia que a madrugada prosseguiria indiferente à sua vigília e que, quando o dia amanhecesse, talvez nem se lembrasse mais daquele horrível pesadelo que ela não conseguia mais identificar. Cobriu a cabeça. Apertou os olhos o quanto podia, e nem assim o sono chegava como um remédio necessário.

Renatinho saiu da cama – ela ouvia nitidamente os seus passos leves e o ruído que ele fazia ao vestir-se, enfiando as meias cerzidas e os sapatos gastos, mas limpinhos –, até que ele se encaminhou para a cozinha, esquentar a sua xícara de leite e preparar o café. Ouviu o arrastar da cadeira nos tijolos do piso, e seu retorno em busca da sacola com os cadernos e livros. Olhos semicerrados, notou quando ele surgiu à porta, depois quando entrou no quarto, acercando-se de sua cama.

– A bênção, vovó.
– Deus te abençoe, meu filho. Já tomou o café?
– Já, vovó.
– Não esqueceu da merenda?
– Não, senhora. Eu já vou indo, vovó, que está na hora.

Saiu, como fazia todos os dias, girou a chave da porta da cozinha e Donana ouviu a batida forte que ele costumava dar para vencer a resistência da lingüeta enferrujada. Meu Deus, pensou ela, estou ficando doida, preciso pedir ao médico da Santa Casa um remédio que me devolva um resto de saúde. Tirou da mesinha-de-cabeceira o vidro onde guardara o pacotinho, com uma leve esperança de não encontrar dentro dele mais nada. Pois tudo teria sido um sonho ou um sofrido pesadelo, de uma alucinação causada pela velhice ou pelo frio que lhe corroía os ossos durante a noite. Mas ali estava ele, o pozinho branco e inodoro, como açúcar ou como sal. Tornou a tampar o vidrinho, recostou-se no travesseiro amarrotado e puxou as cobertas para a cabeça. Naquele exato momento, duas lágrimas fugiram-lhe dos olhos inflamados e desceram pela face murcha e seca.

Quando a prima chegou, Donana ainda permanecia de cabeça encoberta, em fuga.

– Como passou a noite, Donana?

A velhinha descobriu a cabeça, olhou para a prima como se ela fosse uma inimiga que acabava de chegar, crispou os dedos nas bordas do lençol, como se estivesse saindo de um sonho prolongado. Percorreu o olhar pelo quarto, certificou-se de que a prima estava só, quis saber:

– Renatinho ainda está no colégio?

– Claro que está – disse a prima –, as aulas devem estar começando agora. São oito horas e temos chuva. Vou preparar o café, trouxe uns bolinhos de maisena, muito macios e gostosos.

Quando a prima desapareceu na porta, Donana catou o vidrinho entre os demais, tornou a examiná-lo, apertou bem a tampa de plástico e o escondeu sob os travesseiros. Repetia como numa oração: meu Deus, meu Deus, valha-me Nossa Senhora Aparecida. Pouco depois a prima veio com uma bandeja pequena, a xícara de café e um pires com bolinhos. Pediu que Donana sentasse na cama, quis afofar o travesseiro para amparar as costas magras da doente, mas Donana não deixou que ela tocasse na sua cama.

– Não precisa, eu sei que não estou nada bem, mas ainda posso cuidar dessas coisas.

– E as dores, passaram? – quis saber a prima.

– Passaram, sim. Agora eu não estou sentindo mais nada. Acho que era puro medo de ficar doente. Mas hoje eu quero sair da cama, tenho muita coisa para fazer.

– Nada disso, vai ficar deitadinha até o médico chegar.

– Não quero médico nenhum – disse a velha, com insuspeitada energia. – Eu já estou boa.

– Mas ele ficou de vir dentro de pouco. Até já era para estar aqui. É um doutor muito competente e depois não cobra nada, sabe da nossa situação. Renatinho costuma brincar com o filhinho dele lá no colégio, pois são colegas.

– Não quero médico nenhum. Se quiser, ele pode vir, sentar nessa cadeira e perguntar o que bem entender. Eu respondo tudo, mas não quero que me toque.

– Ora essa! Palavra que eu não estou te entendendo, prima.

– Eu já disse e repito que não preciso mais de médico. Ou a prima está ficando surda?

– Acontece que ele vem de qualquer maneira. O próprio Renatinho foi quem pediu muito que ele viesse.

– O Renatinho?

– Ele mesmo. O nosso anjinho está muito preocupado com a sua avó, termina ficando doente também.

A velha mastigava com dificuldade os pedaços de bolo e bebia o café em goles chupados. Tinha a boca em ferida e as gengivas estavam sensíveis e doloridas. Olhava com um certo ressentimento para a prima e logo depois pediu que ela fizesse o favor de levar para a cozinha a bandeja com o que sobrara. Não sentia fome nenhuma.

— Aconteceu alguma coisa esta noite? – perguntou a prima.

— Não. Não aconteceu nada. Dormi até muito bem. E agora vai lá para a porta, agradece ao doutor quando ele chegar e diz que se for preciso a gente pede para ele vir outra hora.

— Desculpa, prima, mas eu não posso fazer isso e nem ele vai concordar em voltar da porta sem fazer um exame, mesmo que por cima.

— Não quero.

— Não adianta querer ou não querer. E depois, sabe de uma coisa? Se continuar assim peço para ele te levar para a Santa Casa e te internar para ver tudo direitinho.

— Pelo amor de Deus – gemeu ela – me deixem em paz.

— Isso tudo que estamos fazendo é para o teu bem. Acho muito feio essas coisas, ainda mais sabendo que precisas ficar boa para terminar de criar o Renatinho, pelo menos até à idade de poder trabalhar e de ter condições de ganhar a vida sozinho.

Donana gemeu mais uma vez e virou-se para a parede, puxando as cobertas para a cabeça novamente. Ouviu quando a prima saía e quando alguém chegava na porta da frente. Só podia ser o doutor. Encolheu-se ainda mais e ficou quieta como se ainda estivesse dormindo.

— Donana, o doutor está aqui.

Debaixo das cobertas eles ouviram uma voz sumida:

– Eu já estou bem, obrigada por ter vindo.

– Bom dia, Donana – disse o médico. – Eu só vim fazer uma visitinha rápida para saber como está a senhora.

Ele foi até à janela e abriu os postigos. A velha baixou lentamente a ponta do lençol e sentiu os olhos feridos pela claridade da rua. Tirou de sob as cobertas o braço magro e escamado, tentando encobrir com a mão os olhos que quase não suportavam a claridade.

– A luz de fora está lhe incomodando? – disse o médico, tornando a encostar o postigo.

– Só um pouquinho, mas eu estou bem, doutor.

– Eu sei, mas não custa nada a gente dar uma olhada. E como estão os remédios? Trouxe algumas amostras novas aqui comigo, podem servir para alguma coisa. Vire-se para cá, assim mesmo, não se preocupe.

– Por favor, doutor, eu estou com muito sono.

– Não vou demorar nada. Depois a senhora pode dormir o dia todo. Vamos ver a língua.

Auscultou os pulmões, tirou a pressão, contou as pulsações, mediu a temperatura e ficou algum tempo a examinar a pele dos braços ossudos, ressequida e esfarinhada. Quis ver os lábios gretados e depois pegou de suas mãos e ficou olhando unha por unha, testa franzida. Perguntou pelo que costumava comer, se sofria de ânsias de vômito e de tonturas.

– É a idade, doutor. Eu já passei dos setenta há muitos anos.

– Sente calor na sola dos pés?

– Às vezes, quando caminho daqui à cozinha. Mas agora não estou sentindo nada, doutor.

O médico pediu que ela se cobrisse novamente e perguntou à outra velha onde podia passar uma água nas mãos.

— Cidinha, vê uma toalha aqui na gaveta de cima da cômoda — disse Donana.

Quando eles saíram ela gritou pedindo à prima que passasse um café para o doutor. Cidinha disse que ele estava com pressa e pedia que deixassem o café para um outro dia. Enquanto enxugava as mãos, recostado no armário da cozinha, ele disse em voz baixa de maneira a não ser ouvido pela velha:

— Precisamos levar Donana imediatamente para o hospital. Ela está com qualquer coisa muito estranha, não gostei nada dos sintomas. Precisamos de outros exames, principalmente de laboratório.

— Mas, doutor, ela não vai querer, por causa do Renatinho. O menino não tem com quem ficar.

— Pois diga a ela que a senhora vem passar uns dias aqui ou que o menino fica com a senhora lá na sua casa. É coisa de dois ou três dias, no máximo.

— Vou tentar, doutor, mas o senhor sabe como ela é mulher de cabeça dura.

— Paciência, mas ela precisa ir de qualquer maneira. Pode ser uma coisa bem mais grave do que a senhora possa imaginar. Não sei, não.

De volta, o médico ainda passou pelo quarto, sem entrar, e viu que a velha nem sequer virara o rosto para dar um adeus. Despediu-se da outra velha e foi embora. Quando Cidinha retornou em silêncio, sentando-se numa cadeira, Donana disse:

— Ele falou em alguma coisa grave?

— Nada demais, mas ele quer que tu sejas internada na Santa Casa hoje mesmo para outros exames.

— Não vou.

— Espera aí. Ele me disse que é só por um ou dois dias, tem exame que não pode ser feito em casa.

– Não adianta, não vou, já disse que não vou.

– Está bem. Quando o Renatinho chegar a gente conversa com ele também.

– Não mete o Renatinho nesta história, ele é uma criança, nem sabe dessas coisas. Vai lá dizer para o doutor que eu não saio desta casa.

– Está bem – disse a outra, sem paciência. – Vê se dorme um pouco e depois a gente conversa como duas pessoas adultas e sensatas.

Ficaram ambas num silêncio prolongado e constrangedor. Donana caminhou com os dedos magros por debaixo das cobertas até encontrar o vidro escondido sob o travesseiro. Encontrou-o, aliviada. Esperou que a prima saísse, abriu o vidrinho, desfez o embrulho e despejou o que ele continha no urinol que puxara de sob a cama. Depois recolocou o vidro entre os outros, tornou a recostar-se, cansada, e pediu a Deus que lhe trouxesse um sono profundo e reparador.

Vinte dias depois, quando acabavam de chegar do enterro de Donana, Renatinho deitou-se debulhado em lágrimas e não quis que ninguém ficasse no quarto. Deixou de ir ao colégio, choramingava pelos cantos, comia muito pouco e assim mesmo quando obrigado pela tia que viera morar na sua casa e agora dormia na cama que tinha sido de sua avó. Ele passava horas olhando a rua por uma fresta da janela da sala e, de vez em quando, se fechava no quartinho e lá ficava a olhar para o retrato da avó, numa foto de amador, a velhinha sentada numa cadeira de balanço, tendo como fundo um muro do pátio e galhos de figueira. No canto inferior da foto, a metade do rosto dele próprio, como um pequeno intruso no mundo dela. Donana de rosto encovado, olhinhos miúdos, cabelos desfeitos pelo vento.

Até que chegou o dia de voltar às aulas. A rotina de sempre: levantar-se cedo, vestir as meias brancas e calçar as botinas engraxadas, pentear os cabelos loiros e sedosos, preparar o café, carregar a bolsa-mochila e sair para o inverno que chegara impiedoso.

Com a tia, viera a televisão. Ele podia, todas as noites, assistir a um programa, mas sem ir além das nove horas, quando devia recolher-se, lavar o rosto e as mãos, escovar os dentes, deixar-se examinar pela tia, que também queria ver se as orelhas estavam limpinhas, as unhas sem sujeira, o pescoço sem marcas de pó. Era obrigado a pedir a bênção e a rezar em voz alta antes de dormir, como fazia nos tempos da avó Donana. Enrolava-se bem nas cobertas e apertava os olhos para encontrar o sono que às vezes demorava.

Quando os primeiros ventos chegaram anunciando a primavera, época dos meninos cortarem taquara e armarem suas pipas, parreiras exibindo os seus primeiros brotos e as paineiras a soltarem seus flocos de algodão que transportavam sementes para muito longe, Tia Cidinha começou a dar mostras de muito cansaço. Desligava a televisão mais cedo, apagava as luzes e desligava a eletricidade que ela mandara instalar assim que viera para a casa da prima. Tossia à noite, bebia quase toda uma jarra d'água que deixava sobre a mesinha-de-cabeceira, engolindo comprimidos, e muitas vezes saía da cama, enfraquecida, andando pela casa como um fantasma, sentindo as solas dos pés como incendiadas por um fogo desconhecido.

– Ah, meu filho, sinto uns calores terríveis aqui na altura da garganta, como se tivesse um ferro em brasa encostado na pele, minha boca parece que está cheia de aftas e comecei a notar que a pele dos meus braços está criando escamas como os peixes.

Renatinho sentava-se ao seu lado, afagava as suas mãos, tornava-se muito carinhoso e pedia a ela que não deixasse de tomar os seus remédios. Um dia, meses depois, quando ela não quis mais sair da cama, Renatinho sentou-se na beira de uma banqueta e ouviu as queixas da tia, que agora tinha a garganta seca como palha. Os olhos do menino ficaram marejados de lágrimas:

– A senhora deixa eu chamar o médico?

A tia olhou muito espantada para ele, disse que não era caso de doutor, ia ficar boa em poucos dias.

– Mas eu trago o doutor até aqui, titia.

– Não precisa – disse ela, virando o rosto para a parede, com medo que ele notasse o seu medo.

– Mas ele pode querer que a senhora vá para o hospital fazer exames. Não custa nada, titia.

A velha afundou a cabeça no travesseiro, seus lábios começaram a tremer, descontrolados, no momento em que notou nos olhos azuis do menino um brilho estranho de profundo ódio, maligno e feroz. Seus dedos apertavam, crispados, o pacotinho que encontrara, dias antes, num dos bolsos de sua camisinha de colégio.

Sentadinho, o menino sorria para a tia doente.

Sobre o autor

Josué Marques Guimarães nasceu em São Jerônimo, no Rio Grande do Sul, em 7 de janeiro de 1921. No ano seguinte sua família mudou-se para a cidade de Rosário do Sul, na fronteira com o Uruguai, onde seu pai, um pastor da Igreja Episcopal Brasileira, exercia as funções de telegrafista. Após a Revolução de 30 sua família foi para Porto Alegre, onde Josué Guimarães prosseguiu os estudos primários, completando o curso secundário no Ginásio Cruzeiro do Sul, mesma escola onde estudou o escritor Erico Verissimo.

Em 1939, foi para o Rio de Janeiro, onde, no *Correio da Manhã*, iniciou-se na profissão de jornalista que exerceria até o final da sua vida. Com a entrada do Brasil na Segunda Guerra, voltou para o Rio Grande, onde concluiu o curso de oficial da reserva, sendo designado para servir como aspirante no 7º R.C.I. em Santana do Livramento. Alistou-se como voluntário na FEB (Força Expedicionária Brasileira), mas foi recusado por ser casado. De volta à imprensa, seguiu na carreira que o faria passar pelos principais jornais e revistas do país. Trabalhou em inúmeras funções, de repórter a diretor de jornal, passando por secretário de redação, colunista, comentarista, cronista, editorialista, ilustrador, diagramador e repórter político. Quando morreu, em 1986, era o diretor da sucursal da *Folha de São Paulo* em Porto Alegre. Atuou como correspondente especial no Extremo Oriente em 1952 (União Soviética e China Continental) e de 1974 a 1976 como correspondente da empresa jornalística Caldas Júnior em Portugal e na África.

Como homem público foi chefe de gabinete de João Goulart na Secretaria de Justiça do Rio Grande, governo Ernesto Dornelles; foi vereador em Porto Alegre pela bancada do PTB, sendo eleito vice-presidente da Câmara. De 1961 até 1964, foi diretor da Agência Nacional, hoje Empresa Brasileira de Notícias, a convite do então presidente João Goulart. A partir de 1964, perseguido pelo regime autoritário, foi obrigado a escrever sob pseudônimo e a dar consultoria para empresas privadas nas áreas comercial e publicitária.

Josué Guimarães lançou-se tardiamente – aos 49 anos – no ofício que o consagraria como um dos maiores escritores do país. Seu primeiro livro foi *Os ladrões*, reunindo contos, entre os quais o conto que dá nome ao livro, premiado no então importante Concurso de Contos do Paraná (este concurso promovido pelo Governo do Paraná foi, nas décadas de 60 e 70, o mais importante concurso literário do país, consagrando e lançando autores como Rubem Fonseca, Dalton Trevisan, João Antônio, além de muitos outros).

Sua obra – escrita em pouco menos de 20 anos – destaca-se como um acervo importante e fundamental. Democrata e humanista ferrenho, Josué Guimarães foi sistematicamente perseguido pela ditadura e os poderosos de plantão, mantendo uma admirável coerência que acabou por alijá-lo do meio cultural oficial. Depois de Erico Verissimo é, sem dúvida, o escritor mais importante da história recente do Rio Grande e um dos mais influentes e importantes do país. *A ferro e fogo I* (*Tempo de solidão*) e *A ferro e fogo II* (*Tempo de guerra*) – deixou o terceiro e último volume (*Tempo de angústia*) inconcluso – são romances clássicos da literatura brasileira e sua obra-prima, as únicas obras de ficção realmente importantes que abordam a saga da colonização alemã no Brasil. A tão sonhada trilogia, que Josué não conseguiu concluir, é um romance de enorme dimensão artística, pela construção de seus personagens, emoção da trama e a dureza dos tempos que como poucos ele soube retratar com emocionante realismo. Dentro da vertente do romance histórico, Josué voltaria ao tema em *Camilo Mortágua*, fazendo um verdadeiro corte na sociedade gaúcha pós-rural, inaugurando uma trilha que mais tarde seria seguida por outros bons autores.

Seu livro *Dona Anja* foi traduzido para o espanhol e publicado pela Edivisión Editoriales, México, sob o título de *Doña Angela*.

Deixou quatro filhos do primeiro casamento e dois filhos do segundo. Morreu no dia 23 de março de 1986.

OBRAS PUBLICADAS:

Os ladrões – contos (Ed. Forum), 1970
A ferro e fogo I (*Tempo de solidão*) – romance (L&PM), 1972
A ferro e fogo II (*Tempo de guerra*) – romance (L&PM), 1973

Depois do último trem – novela (L&PM), 1973
Lisboa urgente – crônicas (Civilização Brasileira), 1975
Tambores silenciosos – romance (Ed. Globo – Prêmio Erico Verissimo de romance), 1976; (L&PM), 1991
É tarde para saber – romance (L&PM), 1977
Dona Anja – romance (L&PM), 1978
Enquanto a noite não chega – romance (L&PM), 1978
O cavalo cego – contos (Ed. Globo), 1979; (L&PM), 1995
O gato no escuro – contos (L&PM), 1982
Camilo Mortágua – romance (L&PM), 1980
Um corpo estranho entre nós dois – teatro (L&PM), 1983
Garibaldi & Manoela (Amor de perdição) – romance (L&PM), 1986

INFANTIS (TODOS PELA **L&PM**):

A casa das Quatro Luas – 1979
Era uma vez um reino encantado – 1980
Xerloque da Silva em "O rapto da Dorotéia" – 1982
Xerloque da Silva em "Os ladrões da meia-noite" – 1983
Meu primeiro dragão – 1983
A última bruxa – 1987

Coleção **L&PM** POCKET (LANÇAMENTOS MAIS RECENTES)

22. **Don Juan** – Molière / Trad. Millôr Fernandes
24. **Horla** – Guy de Maupassant
25. **O caso de Charles Dexter Ward** – Lovecraft
26. **Vathek** – William Beckford
27. **Hai-Kais** – Millôr Fernandes
28. **Adeus, minha adorada** – Raymond Chandler
29. **Cartas portuguesas** – Mariana Alcoforado
30. **A mensageira das violetas** – Florbela Espanca
31. **Espumas flutuantes** – Castro Alves
32. **Dom Casmurro** – Machado de Assis
34. **Alves & Cia.** – Eça de Queiroz
35. **Uma temporada no inferno** – A. Rimbaud
36. **A corresp. de Fradique Mendes** – Eça de Queiroz
38. **Antologia poética** – Olavo Bilac
39. **Rei Lear** – Shakespeare
40. **Memórias póstumas de Brás Cubas** – M. de Assis
41. **Que loucura!** – Woody Allen
42. **O duelo** – Casanova
44. **Gentidades** – Darcy Ribeiro
45. **Mem. de um Sarg. de Milícias** – M. A. de Almeida
46. **Os escravos** – Castro Alves
47. **O desejo pego pelo rabo** – Pablo Picasso
48. **Os inimigos** – Máximo Gorki
49. **O colar de veludo** – Alexandre Dumas
50. **Livro dos bichos** – Vários
51. **Quincas Borba** – Machado de Assis
53. **O exército de um homem só** – Moacyr Scliar
54. **Frankenstein** – Mary Shelley
55. **Dom Segundo Sombra** – Ricardo Güiraldes
56. **De vagões e vagabundos** – Jack London
57. **O homem bicentenário** – Isaac Asimov
58. **A viuvinha** – José de Alencar
59. **Livro das cortesãs** – org. de Sergio Faraco
60. **Últimos poemas** – Pablo Neruda
61. **A moreninha** – Joaquim Manuel de Macedo
62. **Cinco minutos** – José de Alencar
63. **Saber envelhecer e a amizade** – Cícero
64. **Enquanto a noite não chega** – J. Guimarães
65. **Tufão** – Joseph Conrad
66. **Aurélia** – Gérard de Nerval
67. **I-Juca-Pirama** – Gonçalves Dias
68. **Fábulas** – Esopo
69. **Teresa Filósofa** – Anônimo do Séc. XVIII
70. **Avent. inéditas de Sherlock Holmes** – A. C. Doyle
71. **Quintana de bolso** – Mario Quintana
72. **Antes e depois** – Paul Gauguin
73. **A morte de Olivier Bécaille** – Émile Zola
74. **Iracema** – José de Alencar
75. **Iaiá Garcia** – Machado de Assis
76. **Utopia** – Tomás Morus
77. **Sonetos para amar o amor** – Camões
78. **Carmem** – Prosper Mérimée
79. **Senhora** – José de Alencar
80. **Hagar, o horrível 1** – Dik Browne
81. **O coração das trevas** – Joseph Conrad
82. **Um estudo em vermelho** – Arthur Conan Doyle
83. **Todos os sonetos** – Augusto dos Anjos
84. **A propriedade é um roubo** – P.-J. Proudhon
85. **Drácula** – Bram Stoker
86. **O marido complacente** – Sade
87. **De profundis** – Oscar Wilde
88. **Sem plumas** – Woody Allen
89. **Os bruzundangas** – Lima Barreto
90. **O cão dos Baskervilles** – Arthur Conan Doyle
91. **Paraísos artificiais** – Charles Baudelaire
92. **Cândido, ou o otimismo** – Voltaire
93. **Triste fim de Policarpo Quaresma** – Lima Barreto
94. **Amor de perdição** – Camilo Castelo Branco
95. **A megera domada** – Shakespeare / trad. Millôr
96. **O mulato** – Aluísio Azevedo
97. **O alienista** – Machado de Assis
98. **O livro dos sonhos** – Jack Kerouac
99. **Noite na taverna** – Álvares de Azevedo
100. **Aura** – Carlos Fuentes
102. **Contos gauchescos e Lendas do sul** – Simões Lopes Neto
103. **O cortiço** – Aluísio Azevedo
104. **Marília de Dirceu** – T. A. Gonzaga
105. **O Primo Basílio** – Eça de Queiroz
106. **O ateneu** – Raul Pompéia
107. **Um escândalo na Boêmia** – Arthur Conan Doyle
108. **Contos** – Machado de Assis
109. **200 Sonetos** – Luis Vaz de Camões
110. **O príncipe** – Maquiavel
111. **A escrava Isaura** – Bernardo Guimarães
112. **O solteirão nobre** – Conan Doyle
114. **Shakespeare de A a Z** – Shakespeare
115. **A relíquia** – Eça de Queiroz
117. **Livro do corpo** – Vários
118. **Lira dos 20 anos** – Álvares de Azevedo
119. **Esaú e Jacó** – Machado de Assis
120. **A barcarola** – Pablo Neruda
121. **Os conquistadores** – Júlio Verne
122. **Contos breves** – G. Apollinaire
123. **Taipi** – Herman Melville
124. **Livro dos desaforos** – org. de Sergio Faraco
125. **A mão e a luva** – Machado de Assis
126. **Doutor Miragem** – Moacyr Scliar
127. **O penitente** – Isaac B. Singer
128. **Diários da descoberta da América** – C.Colombo
129. **Édipo Rei** – Sófocles
130. **Romeu e Julieta** – Shakespeare
131. **Hollywood** – Charles Bukowski
132. **Billy the Kid** – Pat Garrett
133. **Cuca fundida** – Woody Allen
134. **O jogador** – Dostoiévski
135. **O livro da selva** – Rudyard Kipling
136. **O vale do terror** – Arthur Conan Doyle
137. **Dançar tango em Porto Alegre** – S. Faraco
138. **O gaúcho** – Carlos Reverbel
139. **A volta ao mundo em oitenta dias** – J. Verne
140. **O livro dos esnobes** – W. M. Thackeray
141. **Amor & morte em Poodle Springs** – Raymond Chandler & R. Parker
142. **As aventuras de David Balfour** – Stevenson
143. **Alice no país das maravilhas** – Lewis Carroll

144. **A ressurreição** – Machado de Assis
145. **Inimigos, uma história de amor** – I. Singer
146. **O Guarani** – José de Alencar
147. **A cidade e as serras** – Eça de Queiroz
148. **Eu e outras poesias** – Augusto dos Anjos
149. **A mulher de trinta anos** – Balzac
150. **Pomba enamorada** – Lygia F. Telles
151. **Contos fluminenses** – Machado de Assis
152. **Antes de Adão** – Jack London
153. **Intervalo amoroso** – A.Romano de Sant'Anna
154. **Memorial de Aires** – Machado de Assis
155. **Naufrágios e comentários** – Cabeza de Vaca
156. **Ubirajara** – José de Alencar
157. **Textos anarquistas** – Bakunin
158. **O pirotécnico Zacarias** – Murilo Rubião
159. **Amor de salvação** – Camilo Castelo Branco
160. **O gaúcho** – José de Alencar
161. **O livro das maravilhas** – Marco Polo
162. **Inocência** – Visconde de Taunay
163. **Helena** – Machado de Assis
164. **Uma estação de amor** – Horácio Quiroga
165. **Poesia reunida** – Martha Medeiros
166. **Memórias de Sherlock Holmes** – Conan Doyle
167. **A vida de Mozart** – Stendhal
168. **O primeiro terço** – Neal Cassady
169. **O mandarim** – Eça de Queiroz
170. **Um espinho de marfim** – Marina Colasanti
171. **A ilustre Casa de Ramires** – Eça de Queiroz
172. **Lucíola** – José de Alencar
173. **Antígona** – Sófocles – trad. Donaldo Schüler
174. **Otelo** – William Shakespeare
175. **Antologia** – Gregório de Matos
176. **A liberdade de imprensa** – Karl Marx
177. **Casa de pensão** – Aluísio Azevedo
178. **São Manuel Bueno, Mártir** – Unamuno
179. **Primaveras** – Casimiro de Abreu
180. **O noviço** – Martins Pena
181. **O sertanejo** – José de Alencar
182. **Eurico, o presbítero** – Alexandre Herculano
183. **O signo dos quatro** – Conan Doyle
184. **Sete anos no Tibet** – Heinrich Harrer
185. **Vagamundo** – Eduardo Galeano
186. **De repente acidentes** – Carl Solomon
187. **As minas de Salomão** – Rider Haggar
188. **Uivo** – Allen Ginsberg
189. **A ciclista solitária** – Conan Doyle
190. **Os seis bustos de Napoleão** – Conan Doyle
191. **Cortejo do divino** – Nelida Piñon
192. **Cassino Royale** – Ian Fleming
193. **Viva e deixe morrer** – Ian Fleming
194. **Os crimes do amor** – Marquês de Sade
195. **Besame Mucho** – Mário Prata
196. **Tuareg** – Alberto Vázquez-Figueroa
197. **O longo adeus** – Raymond Chandler
198. **Os diamantes são eternos** – Ian Fleming
199. **Notas de um velho safado** – C. Bukowski
200. **111 ais** – Dalton Trevisan
201. **O nariz** – Nicolai Gogol
202. **O capote** – Nicolai Gogol
203. **Macbeth** – William Shakespeare
204. **Heráclito** – Donaldo Schüler
205. **Você deve desistir, Osvaldo** – Cyro Martins
206. **Memórias de Garibaldi** – A. Dumas
207. **A arte da guerra** – Sun Tzu
208. **Fragmentos** – Caio Fernando Abreu
209. **Festa no castelo** – Moacyr Scliar
210. **O grande deflorador** – Dalton Trevisan
211. **Corto Maltese na Etiópia** – Hugo Pratt
212. **Homem do princípio ao fim** – Millôr Fernandes
213. **Aline e seus dois namorados** – A. Iturrusgarai
214. **A juba do leão** – Sir Arthur Conan Doyle
215. **Assassino metido a esperto** – R. Chandler
216. **Confissões de um comedor de ópio** – T.De Quincey
217. **Os sofrimentos do jovem Werther** – Goethe
218. **Fedra** – Racine / Trad. Millôr Fernandes
219. **O vampiro de Sussex** – Conan Doyle
220. **Sonho de uma noite de verão** – Shakespeare
221. **Dias e noites de amor e de guerra** – Galeano
222. **O Profeta** – Khalil Gibran
223. **Flávia, cabeça, tronco e membros** – M. Fernandes
224. **Guia da ópera** – Jeanne Suhamy
225. **Macário** – Álvares de Azevedo
226. **Etiqueta na prática** – Celia Ribeiro
227. **Manifesto do partido comunista** – Marx & Engels
228. **Poemas** – Millôr Fernandes
229. **Um inimigo do povo** – Henrik Ibsen
230. **O paraíso destruído** – Frei B. de las Casas
231. **O gato no escuro** – Josué Guimarães
232. **O mágico de Oz** – L. Frank Baum
233. **Armas no Cyrano's** – Raymond Chandler
234. **Max e os felinos** – Moacyr Scliar
235. **Nos céus de Paris** – Alcy Cheuiche
236. **Os bandoleiros** – Schiller
237. **A primeira coisa que eu botei na boca** – Deonísio da Silva
238. **As aventuras de Simbad, o marújo**
239. **O retrato de Dorian Gray** – Oscar Wilde
240. **A carteira de meu tio** – J. Manuel de Macedo
241. **A luneta mágica** – J. Manuel de Macedo
242. **A metamorfose** – Kafka
243. **A flecha de ouro** – Joseph Conrad
244. **A ilha do tesouro** – R. L. Stevenson
245. **Marx - Vida & Obra** – José A. Giannotti
246. **Gênesis**
247. **Unidos para sempre** – Ruth Rendell
248. **A arte de amar** – Ovídio
249. **O sono eterno** – Raymond Chandler
250. **Novas receitas do Anonymous Gourmet** – J.A.P.M.
251. **A nova catacumba** – Arthur Conan Doyle
252. **O dr. Negro** – Arthur Conan Doyle
253. **Os voluntários** – Moacyr Scliar
254. **A bela adormecida** – Irmãos Grimm
255. **O príncipe sapo** – Irmãos Grimm
256. **Confissões e Memórias** – H. Heine
257. **Viva o Alegrete** – Sergio Faraco
258. **Vou estar esperando** – R. Chandler
259. **A senhora Beate e seu filho** – Schnitzler
260. **O ovo apunhalado** – Caio Fernando Abreu
261. **O ciclo das águas** – Moacyr Scliar
262. **Millôr Definitivo** – Millôr Fernandes
263.
264. **Viagem ao centro da Terra** – Júlio Verne
265. **A dama do lago** – Raymond Chandler
266. **Caninos brancos** – Jack London

267. O médico e o monstro – R. L. Stevenson
268. A tempestade – William Shakespeare
269. Assassinatos na rua Morgue – E. Allan Poe
270. 99 corruíras nanicas – Dalton Trevisan
271. Broquéis – Cruz e Sousa
272. Mês de cães danados – Moacyr Scliar
273. Anarquistas – vol. 1 – A idéia – G. Woodcock
274. Anarquistas – vol. 2 – O movimento – G.Woodcock
275. Pai e filho, filho e pai – Moacyr Scliar
276. As aventuras de Tom Sawyer – Mark Twain
277. Muito barulho por nada – W. Shakespeare
278. Elogio à loucura – Erasmo
279. Autobiografia de Alice B. Toklas – G. Stein
280. O chamado da floresta – J. London
281. Uma agulha para o diabo – Ruth Rendell
282. Verdes vales do fim do mundo – A. Bivar
283. Ovelhas negras – Caio Fernando Abreu
284. O fantasma de Canterville – O. Wilde
285. Receitas de Yayá Ribeiro – Celia Ribeiro
286. A galinha degolada – H. Quiroga
287. O último adeus de Sherlock Holmes – A. Conan Doyle
288. A. Gourmet *em* Histórias de cama & mesa – J. A. Pinheiro Machado
289. Topless – Martha Medeiros
290. Mais receitas do Anonymus Gourmet – J. A. Pinheiro Machado
291. Origens do discurso democrático – D. Schüler
292. Humor politicamente incorreto – Nani
293. O teatro do bem e do mal – E. Galeano
294. Garibaldi & Manoela – J. Guimarães
295. 10 dias que abalaram o mundo – John Reed
296. Numa fria – Charles Bukowski
297. Poesia de Florbela Espanca vol. 1
298. Poesia de Florbela Espanca vol. 2
299. Escreva certo – É. Oliveira e M. E. Bernd
300. O vermelho e o negro – Stendhal
301. Ecce homo – Friedrich Nietzsche
302. (7). Comer bem, sem culpa – Dr. Fernando Lucchese, A. Gourmet e Iotti
303. O livro de Cesário Verde – Cesário Verde
304. O reino das cebolas – C. Moscovich
305. 100 receitas de macarrão – S. Lancellotti
306. 160 receitas de molhos – S. Lancellotti
307. 100 receitas light – H. e Â. Tonetto
308. 100 receitas de sobremesas – Celia Ribeiro
309. Mais de 100 dicas de churrasco – Leon Diziekaniak
310. 100 receitas de acompanhamentos – C. Cabeda
311. Honra ou vendetta – S. Lancellotti
312. A alma do homem sob o socialismo – Oscar Wilde
313. Tudo sobre Yôga – Mestre De Rose
314. Os varões assinalados – Tabajara Ruas
315. Édipo em Colono – Sófocles
316. Lisístrata – Aristófanes / trad. Millôr
317. Sonhos de Bunker Hill – John Fante
318. Os deuses de Raquel – Moacyr Scliar
319. O colosso de Marússia – Henry Miller
320. As eruditas – Molière / trad. Millôr
321. Radicci 1 – Iotti
322. Os Sete contra Tebas – Ésquilo
323. Brasil Terra à vista – Eduardo Bueno
324. Radicci 2 – Iotti
325. Júlio César – William Shakespeare
326. A carta de Pero Vaz de Caminha
327. Cozinha Clássica – Sílvio Lancellotti
328. Madame Bovary – Gustave Flaubert
329. Dicionário do viajante insólito – M. Scliar
330. O capitão saiu para o almoço... – Bukowski
331. A carta roubada – Edgar Allan Poe
332. É tarde para saber – Josué Guimarães
333. O livro de bolso da Astrologia – Maggy Harrisonx e Mellina Li
334. 1933 foi um ano ruim – John Fante
335. 100 receitas de arroz – Aninha Comas
336. Guia prático do Português correto – vol. 1 – Cláudio Moreno
337. Bartleby, o escriturário – H. Melville
338. Enterrem meu coração na curva do rio – Dee Brown
339. Um conto de Natal – Charles Dickens
340. Cozinha sem segredos – J. A. P. Machado
341. A dama das Camélias – A. Dumas Filho
342. Alimentação saudável – H. e Â. Tonetto
343. Continhos galantes – Dalton Trevisan
344. A Divina Comédia – Dante Alighieri
345. A Dupla Sertanojo – Santiago
346. Cavalos do amanhecer – Mario Arregui
347. Biografia de Vincent van Gogh por sua cunhada – Jo van Gogh-Bonger
348. Radicci 3 – Iotti
349. Nada de novo no front – E. M. Remarque
350. A hora dos assassinos – Henry Miller
351. Flush - Memórias de um cão – Virginia Woolf
352. A guerra no Bom Fim – M. Scliar
353. (1). O caso Saint-Fiacre – Simenon
354. (2). Morte na alta sociedade – Simenon
355. (3). O cão amarelo – Simenon
356. (4). Maigret e o homem do banco – Simenon
357. As uvas e o vento – Pablo Neruda
358. On the road – Jack Kerouac
359. O coração amarelo – Pablo Neruda
360. Livro das perguntas – Pablo Neruda
361. Noite de Reis – William Shakespeare
362. Manual de Ecologia – vol.1 – J. Lutzenberger
363. O mais longo dos dias – Cornelius Ryan
364. Foi bom prá você? – Nani
365. Crepusculário – Pablo Neruda
366. A comédia dos erros – Shakespeare
367. (5). A primeira investigação de Maigret – Simenon
368. (6). As férias de Maigret – Simenon
369. Mate-me por favor (vol.1) – L. McNeil
370. Mate-me por favor (vol.2) – L. McNeil
371. Carta ao pai – Kafka
372. Os vagabundos iluminados – J. Kerouac
373. (7). O enforcado – Simenon
374. (8). A fúria de Maigret – Simenon
375. Vargas, uma biografia política – H. Silva
376. Poesia reunida (vol.1) – A. R. de Sant'Anna
377. Poesia reunida (vol.2) – A. R. de Sant'Anna
378. Alice no país do espelho – Lewis Carroll
379. Residência na Terra 1 – Pablo Neruda
380. Residência na Terra 2 – Pablo Neruda

381. **Terceira Residência** – Pablo Neruda
382. **O delírio amoroso** – Bocage
383. **Futebol ao sol e à sombra** – E. Galeano
384(9). **O porto das brumas** – Simenon
385(10). **Maigret e seu morto** – Simenon
386. **Radicci 4** – Iotti
387. **Boas maneiras & sucesso nos negócios** – Celia Ribeiro
388. **Uma história Farroupilha** – M. Scliar
389. **Na mesa ninguém envelhece** – J. A. P. Machado
390. **200 receitas inéditas do Anonymus Gourmet** – J. A. Pinheiro Machado
391. **Guia prático do Português correto – vol.2** – Cláudio Moreno
392. **Breviário das terras do Brasil** – Assis Brasil
393. **Cantos Cerimoniais** – Pablo Neruda
394. **Jardim de Inverno** – Pablo Neruda
395. **Antonio e Cleópatra** – William Shakespeare
396. **Tróia** – Cláudio Moreno
397. **Meu tio matou um cara** – Jorge Furtado
398. **O anatomista** – Federico Andahazi
399. **As viagens de Gulliver** – Jonathan Swift
400. **Dom Quixote – v.1** – Miguel de Cervantes
401. **Dom Quixote – v.2** – Miguel de Cervantes
402. **Sozinho no Pólo Norte** – Thomaz Brandolin
403. **Matadouro Cinco** – Kurt Vonnegut
404. **Delta de Vênus** – Anaïs Nin
405. **O melhor de Hagar 2** – Dik Browne
406. **É grave Doutor?** – Nani
407. **Orai pornô** – Nani
408(11). **Maigret em Nova York** – Simenon
409(12). **O assassino sem rosto** – Simenon
410(13). **O mistério das jóias roubadas** – Simenon
411. **A irmãzinha** – Raymond Chandler
412. **Três contos** – Gustave Flaubert
413. **De ratos e homens** – John Steinbeck
414. **Lazarilho de Tormes** – Anônimo do séc. XVI
415. **Triângulo das águas** – Caio Fernando Abreu
416. **100 receitas de carnes** – Sílvio Lancellotti
417. **Histórias de robôs: vol.1** – org. Isaac Asimov
418. **Histórias de robôs: vol.2** – org. Isaac Asimov
419. **Histórias de robôs: vol.3** – org. Isaac Asimov
420. **O país dos centauros** – Tabajara Ruas
421. **A república de Anita** – Tabajara Ruas
422. **A carga dos lanceiros** – Tabajara Ruas
423. **Um amigo de Kafka** – Isaac Singer
424. **As alegres matronas de Windsor** – Shakespeare
425. **Amor e exílio** – Isaac Bashevis Singer
426. **Use & abuse do seu signo** – Marília Fiorillo e Marylou Simonsen
427. **Pigmaleão** – Bernard Shaw
428. **As fenícias** – Eurípides
429. **Everest** – Thomaz Brandolin
430. **A arte de furtar** – Anônimo do séc. XVI
431. **Billy Bud** – Herman Melville
432. **A rosa separada** – Pablo Neruda
433. **Elegia** – Pablo Neruda
434. **A garota de Cassidy** – David Goodis
435. **Como fazer a guerra: máximas de Napoleão** – Balzac
436. **Poemas de Emily Dickinson**
437. **Gracias por el fuego** – Mario Benedetti
438. **O sofá** – Crébillon Fils
439. **O "Martín Fierro"** – Jorge Luis Borges
440. **Trabalhos de amor perdidos** – W. Shakespeare
441. **O melhor de Hagar 3** – Dik Browne
442. **Os Maias (volume1)** – Eça de Queiroz
443. **Os Maias (volume2)** – Eça de Queiroz
444. **Anti-Justine** – Restif de La Bretonne
445. **Juventude** – Joseph Conrad
446. **Singularidades de uma rapariga loura** – Eça de Queiroz
447. **Janela para a morte** – Raymond Chandler
448. **Um amor de Swann** – Marcel Proust
449. **À paz perpétua** – Immanuel Kant
450. **A conquista do México** – Hernan Cortez
451. **Defeitos escolhidos e 2000** – Pablo Neruda
452. **O casamento do céu e do inferno** – William Blake
453. **A primeira viagem ao redor do mundo** – Antonio Pigafetta
454(14). **Uma sombra na janela** – Simenon
455(15). **A noite da encruzilhada** – Simenon
456(16). **A velha senhora** – Simenon
457. **Sartre** – Annie Cohen-Solal
458. **Discurso do método** – René Descartes
459. **Garfield em grande forma** – Jim Davis
460. **Garfield está de dieta** – Jim Davis
461. **O livro das feras** – Patricia Highsmith
462. **Viajante solitário** – Jack Kerouac
463. **Auto da barca do inferno** – Gil Vicente
464. **O livro vermelho dos pensamentos de Millôr** – Millôr Fernandes
465. **O livro dos abraços** – Eduardo Galeano
466. **Voltaremos!** – José Antonio Pinheiro Machado
467. **Rango** – Edgar Vasques
468(8). **Dieta mediterrânea** – Dr. Fernando Lucchese e José Antonio Pinheiro Machado
469. **Radicci 5** – Iotti
470. **Pequenos pássaros** – Anaïs Nin
471. **Guia prático do Português correto – vol.3** – Cláudio Moreno
472. **Atire no pianista** – David Goodis
473. **Antologia Poética** – García Lorca
474. **Alexandre e César** – Plutarco
475. **Uma espiã na casa do amor** – Anaïs Nin
476. **A gorda do Tiki Bar** – Dalton Trevisan
477. **Garfield um gato de peso** – Jim Davis
478. **Canibais** – David Coimbra
479. **A arte de escrever** – Arthur Schopenhauer
480. **Pinóquio** – Carlo Collodi
481. **Misto-quente** – Charles Bukowski
482. **A lua na sarjeta** – David Goodis
483. **O melhor do Recruta Zero (1)** – Mort Walker
484. **Aline 2** – Adão Iturrusgarai
485. **Sermões do Padre Antonio Vieira**
486. **Garfield numa boa** – Jim Davis
487. **Mensagem** – Fernando Pessoa
488. **Vendeta *seguido de* A paz conjugal** – Balzac
489. **Poemas de Alberto Caeiro** – Fernando Pessoa
490. **Ferragus** – Honoré de Balzac
491. **A duquesa de Langeais** – Honoré de Balzac

492. **A menina dos olhos de ouro** – Honoré de Balzac
493. **O lírio do vale** – Honoré de Balzac
494(17). **A barcaça da morte** – Simenon
495(18). **As testemunhas rebeldes** – Simenon
496(19). **Um engano de Maigret** – Simenon
497(1). **A noite das bruxas** – Agatha Christie
498(2). **Um passe de mágica** – Agatha Christie
499(3). **Nêmesis** – Agatha Christie
500. **Esboço para uma teoria das emoções** – Sartre
501. **Renda básica de cidadania** – Eduardo Suplicy
502(1). **Pílulas para viver melhor** – Dr. Lucchese
503(2). **Pílulas para prolongar a juventude** – Dr. Lucchese
504(3). **Desembarcando o Diabetes** – Dr. Lucchese
505(4). **Desembarcando o Sedentarismo** – Dr. Fernando Lucchese e Cláudio Castro
506(5). **Desembarcando a Hipertensão** – Dr. Lucchese
507(6). **Desembarcando o Colesterol** – Dr. Fernando Lucchese e Fernanda Lucchese
508. **Estudos de mulher** – Balzac
509. **O terceiro tira** – Flann O'Brien
510. **100 receitas de aves e ovos** – J. A. P. Machado
511. **Garfield em toneladas de diversão** – Jim Davis
512. **Trem-bala** – Martha Medeiros
513. **Os cães ladram** – Truman Capote
514. **O Kama Sutra de Vatsyayana**
515. **O crime do Padre Amaro** – Eça de Queiroz
516. **Odes de Ricardo Reis** – Fernando Pessoa
517. **O inverno da nossa desesperança** – Steinbeck
518. **Piratas do Tietê 1** – Laerte
519. **Rê Bordosa: do começo ao fim** – Angeli
520. **O Harlem é escuro** – Chester Himes
521. **Café-da-manhã dos campeões** – Kurt Vonnegut
522. **Eugénie Grandet** – Balzac
523. **O último magnata** – F. Scott Fitzgerald
524. **Carol** – Patricia Highsmith
525. **100 receitas de patisseria** – Sílvio Lancellotti
526. **O fator humano** – Graham Greene
527. **Tristessa** – Jack Kerouac
528. **O diamante do tamanho do Ritz** – S. Fitzgerald
529. **As melhores histórias de Sherlock Holmes** – Arthur Conan Doyle
530. **Cartas a um jovem poeta** – Rilke
531(20). **Memórias de Maigret** – Simenon
532(4). **O misterioso sr. Quin** – Agatha Christie
533. **Os analectos** – Confúcio
534(21). **Maigret e os homens de bem** – Simenon
535(22). **O medo de Maigret** – Simenon
536. **Ascensão e queda de César Birotteau** – Balzac
537. **Sexta-feira negra** – David Goodis
538. **Ora bolas – O humor cotidiano de Mario Quintana** – Juarez Fonseca
539. **Longe daqui aqui mesmo** – Antonio Bivar
540(5). **É fácil matar** – Agatha Christie
541. **O pai Goriot** – Balzac
542. **Brasil, um país do futuro** – Stefan Zweig
543. **O processo** – Kafka
544. **O melhor de Hagar 4** – Dik Browne
545(6). **Por que não pediram a Evans?** – Agatha Christie
546. **Fanny Hill** – John Cleland
547. **O gato por dentro** – William S. Burroughs
548. **Sobre a brevidade da vida** – Sêneca
549. **Geraldão 1** – Glauco
550. **Piratas do Tietê 2** – Laerte
551. **Pagando o pato** – Ciça
552. **Garfield de bom humor** – Jim Davis
553. **Conhece o Mário?** – Santiago
554. **Radicci 6** – Iotti
555. **Os subterrâneos** – Jack Kerouac
556(1). **Balzac** – François Taillandier
557(2). **Modigliani** – Christian Parisot
558(3). **Kafka** – Gérard-Georges Lemaire
559(4). **Júlio César** – Joël Schmidt
560. **Receitas da família** – J. A. Pinheiro Machado
561. **Boas maneiras à mesa** – Celia Ribeiro
562(9). **Filhos sadios, pais felizes** – R. Pagnoncelli
563(10). **Fatos & mitos** – Dr. Fernando Lucchese
564. **Ménage à trois** – Paula Taitelbaum
565. **Mulheres!** – David Coimbra
566. **Poemas de Álvaro de Campos** – Fernando Pessoa
567. **Medo e outras histórias** – Stefan Zweig
568. **Snoopy e sua turma (1)** – Schulz
569. **Piadas para sempre (1)** – Visconde da Casa Verde
570. **O alvo móvel** – Ross Macdonald
571. **O melhor do Recruta Zero (2)** – Mort Walker
572. **Um sonho americano** – Norman Mailer
573. **Os broncos também amam** – Angeli
574. **Crônica de um amor louco** – Bukowski
575(5). **Freud** – René Major e Chantal Talagrand
576(6). **Picasso** – Gilles Plazy
577(7). **Gandhi** – Christine Jordis
578. **A tumba** – H. P. Lovecraft
579. **O príncipe e o mendigo** – Mark Twain
580. **Garfield, um charme de gato** – Jim Davis
581. **Ilusões perdidas** – Balzac
582. **Esplendores e misérias das cortesãs** – Balzac
583. **Walter Ego** – Angeli
584. **Striptiras (1)** – Laerte
585. **Fagundes: um puxa-saco de mão cheia** – Laerte
586. **Depois do último trem** – Josué Guimarães
587. **Ricardo III** – Shakespeare
588. **Dona Anja** – Josué Guimarães
589. **24 horas na vida de uma mulher** – Stefan Zweig
590. **O terceiro homem** – Graham Greene
591. **Mulher no escuro** – Dashiell Hammett
592. **No que acredito** – Bertrand Russell
593. **Odisséia (1): Telemaquia** – Homero
594. **O cavalo cego** – Josué Guimarães
595. **Henrique V** – Shakespeare
596. **Fabulário geral do delírio cotidiano** – Bukowski
597. **Tiros na noite 1: A mulher do bandido** – Dashiell Hammett
598. **Snoopy em Feliz Dia dos Namorados (2)** – Schulz
599. **Não Se Matam Cavalos** – Horace McCoy
600. **Crime e castigo** – Dostoiévski
601. **Mistério no Caribe** – Agatha Christie
602. **Odisséia (2): Regresso** – Homero
603. **Piadas para sempre (2)** – Visconde da Casa Verde
604. **Sob o vulcão** – Malcolm Lowry
605(8). **Kerouac** – Yves Buin
606. **E agora são cinzas** – Angeli
607. **As mil e uma noites** – Paulo Caruso

GRÁFICA EDITORA
Pallotti
IMAGEM DE QUALIDADE

Santa Maria - RS - Fone/Fax: (55) 3220.4500
www.pallotti.com.br